Elle n'ab
Millo à aucun prix ?

"Combien de temps vous faudra-t-il pour terminer le livre ?" s'enquit Grant.

"Je n'en ai aucune idée," rétourqua Makeda d'un ton glacial."

"Vous pouvez rester dans votre maison aussi longtemps que vous le voulez. Mais je serai honnête avec vous: les travaux de construction sur l'île commenceront très vite."

"Vous possédez déjà un empire considérable," coupa-t-elle. "Pourquoi vous attaquer à Millo en particulier ?"

"Parce que je suis un homme d'affaires," répondit-il avec un visage dur.

"Je resterai à Succoth jusqu'à ce que le manuscrit soit achevé. Tenez-vous-le pour dit !"

La malédiction de Chrichton

Jean S. MacLeod

Harlequin Romantique

PARIS · MONTREAL · NEW YORK · TORONTO

Publié en juin 1983

ISBN 0-373-41190-1

Dépôt légal 2ᵉ trimestre 1983
Bibliothèque nationale du Québec et Bibliothèque nationale
du Canada.

Imprimé au Québec, Canada—Printed in Canada

1

L'inconnu se tenait debout sur la pointe du promontoire et examinait avec attention le groupe d'adolescents assis en contrebas, près de l'eau limpide de la « baie des Français ».

Ses yeux d'un gris acier avaient l'expression autoritaire et implacable d'un homme habitué à commander ; son visage mat portait la trace d'une profonde détermination. Il se passa machinalement la main dans les cheveux et son regard abandonna un instant le groupe pour parcourir l'ensemble du paysage. Une rangée de palmiers doucement agités par la brise matinale bordait l'immense plage corallienne, et au-delà s'étendait le domaine de Succoth et ses anciennes plantations. Celles-ci n'avaient pas été entretenues depuis une quinzaine d'années, et paraissaient en bien mauvais état... Seule la vieille maison coloniale qui se dressait au milieu, gardait encore un charme nostalgique, souvenir d'une époque révolue... Le regard de l'inconnu revint vers la plage. La mer turquoise des Caraïbes moutonnait doucement, paisible et immuable.

Les adolescents assis sur le sable, compta-t-il, étaient au nombre de quatre. Trois lui tournaient le dos et semblaient absorbés dans une discussion animée ; la quatrième — une jeune fille — avait remarqué l'observateur et ne le quittait pas des yeux.

Qui étaient ces jeunes gens ? S'ils habitaient Succoth, ils prenaient soudain un immense intérêt...

L'homme se mit en marche et sa haute silhouette disparut bientôt du promontoire.

La jeune fille qui avait vu l'inconnu, soupira et son attention revint se fixer sur ses camarades.

L'un d'eux, un jeune homme élancé et tanné par le soleil, s'accouda soudain avec nonchalance et lança :

— La situation est difficile, je l'admets. Mais nous n'avons pas le choix... Après tout, nous savions que nous ne pourrions pas rester ici, sur Millo, une fois que l'île aurait changé de mains.

— Tu n'y venais qu'en vacances, souligna sa sœur aînée, et moi aussi. Les choses seront donc plus aisées en ce qui nous concerne... Mais que deviendront Jacinthe et Makeda ?

Les deux intéressées — Jacinthe, sa cousine, et Makeda, sa sœur cadette — baissèrent la tête. Après un moment d'hésitation, la seconde releva son visage, secoua ses cheveux dorés et murmura :

— Il est difficile de répondre à ta question, Abi. Peut-être n'ai-je pas d'autre possibilité non plus...

Ses lèvres se pincèrent et son regard s'assombrit :

— Je pensais vivre ici ma vie entière. Du moins, je l'espérais de toutes mes forces... Je n'ai pas, comme toi, un travail qui m'attend à New York...

Sa sœur esquissa un geste et ouvrit la bouche, mais Makeda poursuivit :

— Je sais, toi aussi tu regretteras Millo. Tu aimes y venir souvent pour « prendre le soleil », comme tu dis...

— C'est vrai, mais il existe d'autres îles ! répliqua Abi avec philosophie. Ou même d'autres pays tropicaux ! Je n'ai que l'embarras du choix.

— La Floride, par exemple, suggéra son frère d'un air moqueur. Ou bien les Bahamas.

— Mais oui, pourquoi pas ? Les Bahamas ne sont

pas si éloignées de New York. Mère décidera peut-être de s'y installer.

— Elle ne décidera rien pour le moment, j'en suis certaine, intervint sa cadette. Elle préfère attendre que Heber ait passé son diplôme.

Heber — leur frère — se retourna à plat ventre et considéra pensivement le sable qu'il faisait couler entre ses doigts.

— J'en ai encore pour un an d'études, indiqua-t-il, peut-être même deux. Après, mon Dieu... je rentrerai probablement en Angleterre. C'est tout de même là que j'ai vécu, avant d'aller étudier à New York.

Les yeux vert jade de Makeda scintillèrent.

— Aurais-tu l'intention de suivre les traces de notre père? Oh, Heber, cela serait tellement merveilleux! Il en aurait été si fier... Ne le lui as-tu pas dit, d'ailleurs, avant que... qu'il parte pour cette tragique expédition?

— Non, malheureusement. D'ailleurs, ma décision n'était pas encore tout à fait prise à cette époque...

Il sauta sur ses pieds et s'étira.

— N'allons pas trop vite en besogne, reprit-il. Je ne serai pas archéologue avant un an au moins, et beaucoup de choses peuvent se produire durant ce temps-là.

Il s'approcha de Makeda pour ajouter :

— Le problème immédiat, c'est toi, en fait. Du moins, si tu as déjà décidé de terminer l'ouvrage que tu avais commencé avec père...

— Je tiens à mener cette tâche à bien, effectivement, affirma-t-elle farouchement. Ce livre représentait le point culminant de toute sa carrière, et il aurait été désespéré de le savoir inachevé. Lorsqu'il est parti pour le Caire, nous avions mis au point la première partie des notes. Depuis, je me suis efforcée de continuer seule ; mais il m'est impossible à présent de poursuivre tant que nous n'aurons pas obtenu des nouvelles de son notaire de la Barbade. Celui-ci attend d'en recevoir la seconde partie, dont j'ai absolument besoin pour pouvoir enfin faire publier le tout.

Sa voix s'affaiblit à l'évocation du disparu et elle retint un sanglot. Leur père avait été un éminent archéologue. Il était mort six mois auparavant, au moment où il avait entrepris des fouilles en Arabie Saoudite pour mettre en évidence sa grande hypothèse sur les mines du roi Salomon. D'après lui, l'ophite — une sorte de marbre sombre — n'avait pas été la seule richesse dissimulée, à l'époque, dans le sous-sol de ces terres désertiques ; et il espérait trouver la trace d'autres minéraux. L'archéologue avait accumulé une masse de notes et de documents que Makeda s'occupait à mettre en ordre et à rédiger. Ce travail la passionnait... Elle aurait aimé passer toute son existence sur cette petite île des Caraïbes, à participer à l'œuvre de son père dont elle se sentait — à juste titre — la plus proche collaboratrice. Le vieil homme lui avait appris à s'émerveiller des beautés secrètes du monde et de l'antiquité, et son décès représentait pour elle une perte irréparable.

Toute la famille avait d'ailleurs énormément souffert, du moins les enfants. Leur mère, Dolly Garland, avait seulement fait preuve d'une tristesse de bon ton à la mort de son mari ; ils étaient en effet séparés depuis plusieurs années. Lorsque celui-ci avait loué l'île, quinze ans plus tôt, dans l'espoir de procurer à ses proches un lieu de résidence idyllique, elle avait immédiatement détesté l'endroit et était repartie pour Londres avec son fils. Ses deux filles et leur cousine, Jacinthe — orpheline de mère et de père — étaient restées à la garde du professeur.

Jacinthe et Makeda — plus encore qu'Abi, la fille aînée — adoraient Millo. Elles y avaient vécu toute leur vie et ne remarquaient pas la décrépitude du

8

domaine, tant elles aimaient les douces collines, les rivages, les palmiers et l'immensité de l'océan...

Un silence pensif s'était abattu sur le petit groupe. D'ordinaire, les quatre adolescents passaient la matinée à nager et à s'ébattre sur la plage ; mais pour une fois, ils s'étaient simplement assis pour bavarder mélancoliquement, conscients du fait que leur liberté allait bientôt rencontrer d'insurmontables obstacles.

La jeune Makeda s'aperçut soudain d'une certaine nervosité chez sa cousine. A chaque instant, celle-ci tournait la tête vers l'extrémité de la plage et jetait un coup d'œil furtif sur le promontoire rocheux qui dominait la baie.

— Que se passe-t-il ? lui demanda-t-elle. Tu parais inquiète...

— Il y avait un homme là-haut, tout à l'heure, répondit la frêle adolescente en frissonnant. Il nous a examinés pendant au moins dix minutes.

Tous les regards se tournèrent en direction de la pointe.

— Tu as dû rêver, lança négligemment Abi. Je ne vois personne.

— Bien sûr ! protesta l'autre. Il est déjà parti... Mais il y avait quelqu'un, je t'assure ! Vous étiez en train de parler, et je n'ai pas osé vous interrompre.

— N'était-ce pas Ben, tout simplement, ou l'un de ses enfants ?

Ben et sa femme, Mammy, étaient un vieux couple au cœur d'or qui faisait fonction de domestiques chez les Garland depuis des années.

Jacinthe serra ses mains l'une contre l'autre. L'esprit pratique et peu imaginatif de Abi la déconcertait toujours.

— Cela ne pouvait être ni Ben, ni l'un de ses fils, expliqua-t-elle avec patience. Je n'avais jamais vu cet individu auparavant. Il portait une chemise rouge, un jean et était de toute façon beaucoup plus grand que n'importe lequel des habitants de Millo.

Son interlocutrice se redressa et conclut d'un ton léger :

— En tout cas, il n'est plus là, c'est l'essentiel. Personne n'a envie de venir faire une traversée avec moi, je suppose ?

— Non merci, soupira Makeda. J'ai beaucoup trop nagé hier...

Elle se leva et jeta un coup d'œil vers Succoth.

— Peut-être devrais-je rentrer à la maison, au cas où nous aurions un visiteur inattendu.

— Mammy s'en occupera, répliqua sa sœur. En outre, quelle visite recevrions-nous ? Le navire marchand qui dessert Millo n'arrive pas avant demain matin.

— Cet inconnu ne l'aura peut-être pas pris, objecta l'autre. Qui sait s'il ne possède pas son propre yacht ?

— Dans ce cas, il serait venu jeter l'ancre ici, n'est-ce pas ? La « baie des Français » est l'endroit le plus abrité de toute l'île.

— Mieux vaut tout de même vérifier, fit Makeda avec décision.

Elle s'engagea dans le sentier qui remontait vers la colline et Jacinthe la suivit.

— Je ne rêvais pas, je te le promets, répéta cette dernière avec fougue. L'homme est resté longtemps, puis il est reparti en direction de la baie de « Green Turtle ».

— Je vais y aller, décida son interlocutrice. Toi, retourne à Succoth au cas où il s'y serait montré. Malgré ce que dit Abi, je ne suis pas certaine que Mammy saurait faire face à la situation.

— Peut-être cet étranger a-t-il à voir avec les futurs locataires de Millo... qu'en penses-tu ?

Makeda réfléchit un instant.

— Si c'était le cas, nous en aurions déjà entendu parler... notre notaire, M. Pettigrew, nous aurait écrit de la Barbade pour nous prévenir. De toute façon, Mère lui rend visite en ce moment, et elle nous relatera les dernières nouvelles.

— Seulement, grommela Jacinthe, elle risque d'être absente encore longtemps... Ne puis-je pas t'accompagner jusqu'à la baie de « Green Turtle » ? Au cas où...

— Au cas où je serais kidnappée ? rétorqua sa cousine en riant. Je te remercie, mais ce n'est pas la peine. Nous n'avons tout de même pas affaire à un pirate... Il s'agit probablement d'un simple touriste en croisière, et il est peut-être déjà reparti.

Elle marchait à grandes enjambées et sa compagne avait du mal à la suivre. Makeda avait dix-huit ans, un an de plus que Jacinthe ; mais sa silhouette gracile et ses cheveux blonds, ébouriffés par le vent et rendus encore plus blonds par l'action du soleil, la faisaient paraître très jeune. Son corps mince et cuivré était revêtu d'un vieux maillot de bain délavé et elle avait glissé ses pieds dans une paire de sandales usées mais idéales pour escalader les rochers. Parvenue à un croisement, elle envoya Jacinthe vers Succoth et continua son chemin.

La journée avait bien mal commencé, songea-t-elle en arrachant machinalement une feuille d'arbuste. Dès le petit déjeuner, elle s'était querellée avec Abi et Heber au sujet de Millo. Ils prenaient leur prochain départ avec une légèreté de cœur qu'elle était incapable de partager. Elle-même ne se voyait pas vivre ailleurs : l'île était son pays, son port d'attache... Qu'allait-elle devenir ? Où pourrait-elle bien aller ? Ce ne serait jamais la même chose. Son cœur resterait éternellement dans les Caraïbes, et le déchirement serait insupportable...

Des larmes perlèrent à ses yeux et elle les essuya avec rage ; la jeune fille détestait s'apitoyer sur elle-même.

Le sentier arrivait au sommet d'une colline. Au-delà d'un bosquet d'acajous, on distinguait la baie

11

splendide de « Green Turtle ». Elle paraissait plus accueillante que la « baie des Français », mais en fait un récif de corail la rendait infiniment plus dangereuse ; et il fallait savoir manœuvrer son embarcation avec une dextérité de vieux loup de mer pour trouver la passe étroite permettant l'accès au rivage.

Or, à quelques encablures — au pied d'un ancien manoir en ruine — se dressait une élégante goélette.

Makeda était experte en navigation et adorait les bateaux à voile. Son œil aiguisé admira un instant les lignes racées de celui-là. Son propriétaire avait jeté l'ancre très près de la côte ; il devait avoir l'intention de s'arrêter plusieurs jours à Millo avant de continuer vers Grenade, escale favorite des yachtmen en mer des Caraïbes. La jeune fille descendit le sentier menant à la plage et attendit quelques instants. Si le voilier était occupé, quelqu'un finirait bien par apparaître... Mais le pont restait désert. Machinalement, elle leva les yeux vers la silhouette de « Chrichton place », la demeure en ruine. Au début du siècle, à l'époque où il existait encore de nombreuses plantations de canne à sucre dans les îles les plus petites, on avait construit de nombreuses bâtisses coloniales de ce type, ravissantes avec leurs vérandas à blanches colonnades. Puis les plantations étaient tombées en désuétude, et les vastes maisons avaient été peu à peu désertées...

Pour beaucoup de natifs de Millo, Chrichton était hanté ; les enfants de Ben et Mammy, par exemple, n'y auraient mis les pieds pour rien au monde. Makeda ne partageait pas cette croyance, et profitait au contraire de la solitude de l'endroit pour venir s'y réfugier chaque fois qu'elle ressentait le besoin de méditer. Elle s'asseyait au pied d'un acajou, et contemplait le paysage splendide, à la fois changeant et éternel, de la baie...

L'adolescente s'était laissé emporter par ses pensées ; elle secoua la tête et revint à ses préoccupations. La goélette était toujours vide — du moins en apparence — et le mystérieux inconnu de Jacinthe n'avait toujours pas donné signe de vie. Il fallait en avoir le cœur net ! D'un bond, elle se leva, se débarrassa de ses sandales et pénétra dans l'eau sans hésitation. Au bout d'une centaine de brasses vigoureuses, elle avait atteint l'embarcation et en fit lentement le tour. Effectivement, il n'y avait personne ; les cabines elles-mêmes — par ailleurs impeccablement rangées — étaient désertes. L'occupant se trouvait donc encore à terre, peut-être même à Succoth...

Dans un sens, Makeda s'en félicitait. Ce n'était pas seulement la curiosité qui l'avait poussée à venir à « Green Turtle » ; c'était aussi le besoin de se retrouver seule pour réfléchir, pour sentir autour d'elle la présence de sa chère Millo...

Elle se mit sur le dos pour faire la planche et s'éloigna légèrement du bateau, savourant la caresse du soleil sur ses yeux fermés. Ses longs cheveux flottaient autour d'elle et elle repoussa machinalement une mèche dorée égarée sur son front. Au bout de quelques minutes, sa dérive l'avait ramenée vers le sable. Elle s'y assit un instant et abaissa les bretelles de son maillot de bain pour permettre à ses bras et à ses épaules de sécher. Une soudaine sensation de bien-être l'envahissait. Ici, du moins, elle était délicieusement libre : personne ne la surveillait, rien ne venait troubler le silence...

Tout d'un coup, cependant, une impression étrange lui fit tourner la tête vers Chrichton. Un homme se tenait debout devant les acajous, immobile. Sa chemise rouge se détachait nettement sur le feuillage sombre de la végétation et son visage affichait une expression d'arrogance presque énigmatique.

Makeda remonta en hâte les bretelles de son maillot et fronça les sourcils. Depuis combien de temps l'observait-il ? Qui était cet intrus ? Elle se leva et se dirigea d'un pas vif dans sa direction, décidée à l'affronter.

L'homme lui-même avait commencé à descendre et ils se rencontrèrent à mi-chemin. L'ombre des arbres était particulièrement fraîche ; l'adolescente frissonna et croisa les bras sur sa poitrine.

— Bonjour, fit le nouveau venu avec un sourire ironique. Etes-vous vraiment une créature de chair et d'os ? De loin, je vous avais prise pour une sirène...

Ainsi, il l'avait remarquée depuis un long moment... Makeda se sentit troublée et perdit une partie de son assurance.

— Que faites-vous ici ? contra-t-elle. Vous vous trouvez sur une propriété privée, et vous n'avez pas le droit de...

Le sourire de l'inconnu s'effaça et ses traits se durcirent.

— La mer appartient à tout le monde, il me semble, répliqua-t-il. Et rien ne m'interdit de jeter l'ancre dans un endroit abrité.

— Personne ne vient ici, d'ordinaire, protesta-t-elle. Il existe une baie beaucoup moins dangereuse de l'autre côté.

— A mon avis, sur cette île, le danger vient surtout des habitants, persifla-t-il en parcourant d'un œil amusé la mince silhouette brune. Vous vivez ici, n'est-ce pas ?

Makeda leva le menton avec fierté.

— Oui. Je me nomme Makeda Garland, et je réside sur Millo depuis plusieurs années.

— Makeda ? répéta-t-il avec une légère surprise tout en s'approchant de quelques pas.

— C'était le prénom de la reine de Saba, dans l'antiquité, expliqua-t-elle. Mon père était spécialiste de cette période. Il est mort en entreprenant des fouilles archéologiques...

Le regard de l'autre s'était fait scrutateur.

— Il vous manque beaucoup, n'est-ce pas? suggéra-t-il à voix basse. Je le comprends...

La jeune fille l'observa avec surprise.

— Comment pouvez-vous affirmer cela? Vous ne me connaissez pas, vous ne le connaissiez pas non plus...

— Certes. Il s'agissait simplement d'une intuition... Ne vous fâchez donc pas!

Elle le regarda sans répondre, déconcertée par son calme et son ironie. Visiblement, il la prenait pour une enfant, et même probablement pour une enfant capricieuse.

— Puis-je me permettre de vous inviter à bord de ma goélette? reprit-il. Vous semblez l'avoir longuement admirée... En outre, vous tremblez de froid. Une tasse de thé vous fera du bien.

— Je n'ai pas froid, mentit-elle en rougissant.

— Je vous offre tout de même le thé, fit-il d'un ton conciliant. Un grog serait plus approprié, mais vous êtes trop jeune pour ce genre de boisson.

Elle ne s'était pas trompée! Il la considérait bien comme une gamine... Quel présomptueux personnage!

— J'ai dix-huit ans, annonça-t-elle d'un air digne, et je n'ai pas besoin de votre « grog » pour me réchauffer. D'ailleurs, qui êtes-vous? Nous vous avons remarqué sur le promontoire, ce matin. Etiez-vous en tournée d'inspection, ou uniquement guidé par la curiosité?

— Disons, guidé par la curiosité, répliqua-t-il d'un ton léger. Mais ma promenade n'était pas gratuite... je n'entreprends jamais rien sans raison valable.

— Dans ce cas, suggéra-t-elle vivement, votre invitation à bord n'était certainement pas désintéressée...

Il esquissa un sourire énigmatique.

— Pour le moment, je n'avais pas d'autre intention que de vous aider à vous réchauffer, rétorqua-t-il. Il est bien joli de jouer les sirènes, mais peu prudent de s'exposer au froid sous les arbres...

— Je suis seulement venue sous les arbres à cause de vous ; je m'apprêtais à rentrer à la nage.

Son compagnon fit quelques pas pour passer au soleil et elle le suivit.

— J'étais moi-même monté explorer ces ruines, expliqua-t-il en indiquant Chrichton.

— C'est une ancienne demeure coloniale, souligna Makeda. Personne n'a vécu ici depuis très long-temps... la dernière famille à y avoir habité, au début du siècle, a été chassée par une sorte de... de malédiction.

Son interlocuteur haussa les sourcils.

— Une malédiction ? Vous ne croyez tout de même pas à ces stupides superstitions, j'espère.

— Non. Mais il faut avouer que la succession de catastrophes connues par les Chrichton est assez troublante... Il y a d'abord eu un énorme ouragan, puis un second, emportant la moitié des habitants. Ensuite, la maladie en a décimé plusieurs autres. Enfin, un terrible incendie a complètement détruit la maison...

Elle se mordit les lèvres, consciente du regard sceptique de l'homme. Mais il pouvait se moquer des croyances de l'île si bon lui semblait ! Elle-même défendrait toujours Millo avec une passion farouche.

— Sarah Chrichton fut la dernière survivante, poursuivit-elle, et elle a été obligée de partir, aban-donnant tout derrière elle. Cela a dû être un véritable crève-cœur ! La vie sur cette île est tellement libre, tellement exaltante...

— Vous paraissez ressentir une grande sympathie envers cette femme. Peut-être vous identifiez-vous un peu à elle... car vous craignez de devoir tout quitter à cause de la mort de votre père.

Makeda hocha la tête.

— Etait-ce de votre prochain départ dont vous

discutiez si vivement sur la plage, ce matin, avec vos camarades ? interrogea-t-il.

— Nos sujets de conversation ne vous concernent pas ! répliqua-t-elle sèchement.

— Vous avez raison... et je m'incline. A présent, je renouvelle ma proposition... Vous êtes cordialement invitée à visiter mon bateau.

Désireuse de voir de près l'intérieur de la goélette, elle accepta, et il la guida vers un canot dissimulé sous les arbres.

— Vous pourrez me raconter la suite de la « malédiction », plaisanta-t-il en se mettant à ramer avec vigueur.

— Il n'y a pas grand-chose à ajouter, répondit-elle. Sarah Chrichton est morte aux Bermudes, peu de temps après.

— Mais qui leur avait jeté ce sort supposé ?

— C'est une longue histoire, soupira-t-elle. Disons une légende, car j'ignore quelle est la part de vérité... Le premier Chrichton se prénommait David, et il est venu s'installer ici après avoir fait fortune dans la traite des esclaves. Il a défriché les terres pour réaliser une immense plantation de canne à sucre sur laquelle il employait les indigènes de l'île, les Indiens caraïbes...

— J'ai vu les restes de leur village, intervint-il.

— Ils sont tout près d'ici, effectivement. David Chrichton les traitait avec justice et bonté...

— Dans ce cas, pourquoi lui avoir jeté un sort ?

— Le fameux sort n'était pas dirigé contre lui, mais contre son fils. Ce dernier était apparemment ce qu'on appelle un « mauvais sujet ». Il dilapidait la fortune familiale et provoquait le désespoir de son père. A la mort de celui-ci, il cessa de s'occuper du domaine et se mit à passer la plupart de son temps à Trinidad ou à la Jamaïque. Un jour, cependant, une Indienne fut retrouvée morte sur la plage de Millo... Nul ne connaissait vraiment le coupable, mais les

Indiens soupçonnaient leur maître et ils décidèrent alors de lancer la malédiction sur lui et sa descendance. Aucun Chrichton mâle ne survivrait jamais assez longtemps pour hériter de la plantation... Et c'est effectivement ce qui s'est passé.

Son interlocuteur esquissa une grimace amusée.

— Mm... je vois. Votre père a-t-il loué l'île au dernier — ou à la dernière — des Chrichton ?

— Non, fit Makeda en secouant négativement la tête. De nombreux propriétaires se sont succédé depuis. Aucun, d'ailleurs, n'a jamais résidé ici de façon permanente... C'est pourquoi les terres sont encore à l'état d'abandon.

— Ce qui n'est pas pour vous déplaire, n'est-ce pas ?

Ils approchaient de la goélette, et la jeune fille laissa traîner paresseusement sa main dans l'eau.

— Que voulez-vous dire ?

— Eh bien, vous avez toujours vécu ici, et vous aimez ce côté sauvage et intact. Vous ne voudriez surtout pas que Millo se modernise...

— C'est exact, approuva-t-elle en rougissant légèrement. Cela dit, il m'est déjà arrivé de me rendre ailleurs, vous savez. J'ai poursuivi mes études à la Barbade, et j'ai souvent voyagé en Angleterre.

— Depuis quand résidez-vous en permanence à Succoth ?

— Toute l'année ? Depuis deux ans. Mais lorsque j'allais à l'école à la Barbade, je rentrais déjà tous les week-ends...

Tout d'un coup, elle s'arrêta. Par quel mystère l'inconnu connaissait-il le nom de Succoth ?

— Et à quoi occupez-vous votre temps, à présent ? Vous ne passez certainement pas toutes vos journées à nager...

— Je... j'aidais mon père à écrire son dernier livre, indiqua-t-elle d'une voix légèrement tremblante.

Elle détourna le visage et fixa la goélette pour dissimuler ses yeux embués de larmes.

— Il n'a pas eu le temps de le terminer, n'est-ce pas ?

— Non. Je pensais l'achever moi-même, mais j'attends le reste de son manuscrit...

L'homme ne répondit pas immédiatement ; il était occupé à attacher le canot au bateau. Puis il grimpa vivement sur le pont et tendit la main à Makeda pour la hisser.

— Venez dans la cabine, indiqua-t-il. Je vous avais promis du thé...

Elle le suivit dans le petit habitacle immaculé et judicieusement aménagé.

— Il y a un peignoir derrière la porte, reprit-il. Couvrez-vous-en afin de ne pas attraper froid.

Elle s'exécuta et revint s'asseoir sur la minuscule banquette placée devant une table abattante. Debout devant un réchaud, son compagnon avait mis de l'eau à bouillir et disposait des tasses sur un plateau.

— Et vous ? interrogea-t-elle soudain. Quelles sont vos occupations ?

— Disons que... je suis une sorte de promoteur immobilier. A l'origine, je pensais visiter l'île du Pélican...

La jeune fille se raidit et jeta un coup d'œil par le hublot. L'îlot dont il venait de parler s'étendait un peu plus loin, au-delà des coraux.

— L'île du Pélican n'offre aucun intérêt, souligna-t-elle. La barrière de corail y est beaucoup plus dangereuse qu'ici, et il est impossible d'y accéder.

— Je m'en suis rendu compte... C'est pourquoi j'ai renoncé à m'y rendre.

— Vous préféreriez Millo, n'est-ce pas ? questionna-t-elle d'une voix tendue. Mais elle n'est pas à vendre, sachez-le !

— Je le sais, répliqua-t-il.

Sans lui laisser le temps de s'étonner, il poursuivit :

— Où irez-vous, lorsque vous serez obligée de partir ?

Makeda garda le silence un instant, observant son interlocuteur tandis qu'il versait le thé brûlant dans les tasses.

— Je ne sais pas, dit-elle enfin. Peut-être en Angleterre, avec ma mère... Mon frère et ma sœur seront à New York.

— Vous êtes la seule de la famille qui souhaiterait rester à Millo, n'est-ce pas ?

— Oui, répliqua-t-elle en remuant nerveusement sa cuillère dans sa tasse. Plus exactement, Jacinthe aimerait également ne pas quitter Succoth.

— Jacinthe ?

— C'est ma cousine... elle est plus jeune que moi.

— Plus jeune que vous ? plaisanta-t-il. Ce n'est pas possible... Vous êtes la jeunesse et l'innocence incarnées !

Makeda appréciait peu le compliment et elle garda de nouveau un silence boudeur. Enfouie dans le vaste peignoir de l'homme, trop grand pour elle, elle paraissait délicieusement frêle et presque enfantine. Tout en dégustant son thé, elle jeta un coup d'œil circulaire dans la cabine. L'aménagement était non seulement confortable mais luxueux ; des panneaux d'acajou couvraient les murs jusqu'à mi-hauteur et une moquette épaisse, d'un blanc immaculé, s'étalait sur le sol. Son hôte était seul pour manœuvrer l'embarcation, et, malgré sa méfiance envers lui, elle lui rendit mentalement hommage. Ce devait être un navigateur chevronné...

— Aimeriez-vous un biscuit ? proposa-t-il soudain, s'efforçant peut-être de la dérider. Ils sont un peu secs, j'en ai peur...

— Je vous remercie, fit-elle en se servant.

L'homme avait pris place en face d'elle et il s'adossa contre la paroi.

— Si vous possédiez vous-même Chrichton, interrogea-t-il au bout d'un moment, qu'en feriez-vous ?

Makeda leva vers lui un regard pensif, du même vert émeraude que la mer environnante.

— J'entreprendrais sa restauration, répondit-elle après réflexion. Du moins, si j'en avais les moyens... Je ferais réparer le toit et les portes, mais je garderais l'ensemble des murs, qui sont en bon état, et je ne toucherais pas aux fenêtres. Elles sont hautes et étroites et possèdent beaucoup de charme. Celles du rez-de-chaussée donnent directement sur le gazon et permettent de courir jusque sur la plage.

— Il faudrait remettre cette pelouse en état, naturellement. Dans celui où elle est actuellement, vos pieds nus souffriraient certainement des ronces et des orties.

Il souriait avec ironie et Makeda rougit, ramenant ses pieds sous elle. Elle avait oublié ses sandales sur la rive...

— Cela dit, petite reine de Saba, reprit-il avec une expression plus douce, vous êtes dotée d'une grande imagination. Mais, qui sait ? Peut-être un jour verrez-vous Chrichton remis à neuf...

Il se pencha et effleura très légèrement de ses doigts la joue de la jeune fille. A la fois étonnée et contrariée — car elle croyait sentir dans ce geste inattendu l'indulgence amusée d'un adulte envers une petite fille — elle se renfonça dans son coin et resserra machinalement les pans du peignoir. Qui était cet homme, après tout ? Et pourquoi la traitait-il comme une enfant ? Leurs regards se croisèrent, et elle lut dans le sien un humour paternel particulièrement exaspérant.

Reposant sa tasse d'un geste décidé, l'adolescente annonça :

— Je vous remercie pour le thé... il est temps que je rentre.

Elle se débarrassa du peignoir, sortit sur le pont et

s'apprêta à plonger. L'inconnu l'avait suivie, sans se départir de son éternel sourire un peu sarcastique.

— Peut-être devrais-je vous dire mon nom, lança-t-il.

— Est-ce vraiment la peine ? répliqua-t-elle. Nous n'aurons probablement pas l'occasion de nous rencontrer à nouveau...

— On ne sait jamais, jeta-t-il. Peut-être achèterai-je malgré tout l'île du Pélican...

Makeda fit volte-face et s'appuya à la rambarde.

— Afin d'agrandir encore votre empire ? questionna-t-elle d'une voix vibrante de colère. Et pourquoi pas celle-ci, tant que vous y êtes ? Je vous vois très bien construire l'un de ces affreux hôtels pour touristes, « la Perle des Caraïbes » où je ne sais quoi d'autre...

— Votre imagination vous emporte à nouveau, protesta-t-il en riant. Je vous avais simplement proposé de vous dire mon nom !

— Je ne désire pas le connaître, rétorqua-t-elle sèchement. De toute façon, je ne serai plus ici lorsque vous arriverez pour transformer l'endroit en une succursale des Bahamas !

— Il existe encore de très beaux paysages aux Bahamas, objecta-t-il. Même si les touristes y sont effectivement nombreux.

— L'atmosphère n'est plus la même, rétorqua-t-elle sombrement. Tout le charme originel de ces îles en a disparu.

— Pas complètement, insista son interlocuteur. Quelques hôtels ne peuvent pas effacer en un jour des siècles d'histoire...

Il souriait toujours, mais son visage s'était durci.

— La colère vous embellit, murmura-t-il soudain. Vous paraissez resplendissante, en ce moment ! Au fait, je m'appelle Ogilvie — Grant Ogilvie. Juste au cas où nos chemins se croiseraient à nouveau...

22

En guise de réponse, Makeda plongea et s'éloigna rapidement du bateau.

Le déjeuner était déjà servi lorsqu'elle arriva à Succoth. Elle s'assit en hâte et emplit son assiette des délicieux avocats préparés par Mammy.

La vieille gouvernante elle-même, vêtue de son éternel tablier blanc, se montra à la porte.

— Où étiez-vous donc passée, Miss Makeda ? J'ai préparé un crabe farci pour le dîner, au cas où vous auriez invité ce jeune homme.

— Ce « jeune homme » ? répéta l'autre en fronçant les sourcils.

— Ben vous a aperçue sur le yacht, à Green Turtle, expliqua l'autre. Vous étiez en train de bavarder avec un monsieur !

Abi reposa bruyamment sa fourchette.

— Etait-ce l'homme à la chemise rouge aperçu par Jacinthe ? Raconte-nous cela, Makeda !

Sa sœur devint écarlate.

— Il n'y a rien à raconter ! Je l'ai rencontré par hasard, et nous avons parlé de choses et d'autres...

— Que fait-il à Millo ? intervint Heber en se servant d'une large tranche d'ananas.

— Il... il est promoteur immobilier.

— A-t-il l'intention d'entreprendre des travaux ici ? fit Abi. Cela peut être intéressant...

— Pas pour Makeda ! objecta son frère. Elle désire avant tout que notre île demeure sauvage et éloignée de toute civilisation. Pourquoi cet individu t'a-t-il invitée à son bord ?

— Pour... pour m'offrir le thé, expliqua Makeda, se sentant légèrement ridicule. Il croyait que j'avais froid, et...

Heber éclata de rire.

— Voilà un personnage bien intentionné ! Est-il déjà reparti, à ton avis ?

— Je l'ignore, mais je doute qu'il soit encore là demain matin.

— Je me demande pourquoi il n'a pas jeté l'ancre dans « la baie des Français », murmura Abi.

— Peut-être pour ne pas se trouver en face de Succoth, et ne pas nous déranger, suggéra sa sœur.

— Pourtant, il ne s'est pas gêné pour venir nous observer sur la plage, glissa Jacinthe. A quoi ressemble-t-il ?

— Mon Dieu, ta description était plus ou moins exacte... Il est grand, brun, sarcastique — très sarcastique — et me traitait comme une gamine.

Abi étouffa un rire et sa jeune sœur lui jeta un regard furieux.

— Peut-être était-ce un inspecteur maritime, après tout, reprit pensivement leur cousine.

Makeda se tourna vers elle et lui sourit.

— Pourquoi pas ? Il en est déjà venu plusieurs à Millo, et Grant Ogilvie ne paraissait effectivement pas très différent.

Abi cessa soudain de rire et haussa les sourcils.

— Ogilvie ? C'est curieux, j'ai eu une patiente qui s'appelait ainsi, à l'hôpital. Mme Ogilvie... Elle était charmante, d'ailleurs, et extrêmement riche.

Makeda baissa le nez sur son assiette et garda le silence. Grant Ogilvie serait-il marié ? Et dans ce cas, comment avait-il osé lui caresser la joue, aussi fugace et innocent que fût son geste ?

2

Très tôt, le lendemain matin, Makeda retourna escalader le promontoire d'où l'on voyait la baie de « Green Turtle » ; la goélette s'y trouvait encore.

Elle soupira et retourna en direction de l'ancien village des Indiens caraïbes. On n'y discernait plus que les fondations d'un vieux moulin et de quelques huttes, et les champs de canne à sucre et d'épices avaient disparu. Mammy venait y chercher le poisson apporté par les pêcheurs des autres îles... Il fallait voir les choses en face, songea la jeune fille. Millo était en train de mourir, et malgré tout ce qu'elle avait soutenu à Grant Ogilvie, un apport d'argent et probablement de tourisme était en fait le seul moyen de sauver la petite communauté et de rendre à l'île sa splendeur des siècles passés. Mais ce ne serait plus la même chose...

Songeuse, elle regagna Succoth. Ben et ses enfants attrapaient des poulets dans la cour, et elle leur adressa un joyeux bonjour avant de se remettre au travail.

Son « bureau » était installé dans une minuscule pièce située à l'arrière de la maison. M. Garland, son père, y avait rédigé une bonne partie de ses ouvrages... Elle s'assit devant la machine à écrire et relut ses notes des jours précédents, puis les reposa mélancoliquement. Impossible de continuer sans le reste des documents... Il fallait espérer que Dolly Garland ait vu le notaire et les apporte avec elle lors de son séjour. Mais quand se déciderait-elle à quitter la Barbade ?

Un soudain bruit de voix sur la véranda interrompit le cours de ses pensées. Elle traversa le couloir et reconnut avec stupeur Grant Ogilvie. Confortablement installé sur une chaise de rotin, il devisait avec Jacinthe et Abi.

Makeda apparut dans l'embrasure et ne put retenir une exclamation.

— Je... j'ignorais que vous étiez ici, balbutia-t-elle.

— Sinon, vous vous seriez précipitée pour m'accueillir, n'est-ce pas ? railla-t-il. J'étais venu proposer à tout le monde une croisière jusqu'à la Barbade. Votre sœur semble penser que ma goélette serait plus agréable que le navire marchand...

— Tu as besoin de rencontrer M. Pettigrew, n'est-ce pas ? demanda l'intéressée. Afin de lui demander les notes de Père...

Makeda fronça les sourcils, légèrement déconcertée. Abi et Jacinthe paraissaient s'entendre à merveille avec le nouveau venu. Il avait déjà déployé tout son charme pour les séduire...

— Mère arrivera sans doute bientôt, objecta-t-elle.

Sa sœur prit l'air sceptique.

— Oui, dans deux jours... ou dans deux semaines ! Or, tu as besoin de continuer à travailler. Moi-même, de toute façon, je dois rentrer à New York...

Elle se tourna vers Ogilvie et lui adressa un sourire radieux :

— Et le trajet sur votre « Albatros » sera délicieux, j'en suis certaine !

Heber entra au même instant et posa sur la table un plateau chargé de boissons rafraîchissantes.

— Cette offre m'intéresse aussi ! lança-t-il. Mes études reprennent bientôt.

— Naturellement, intervint Grant, je dois rester à Bridgetown plusieurs jours. Makeda et Jacinthe devront donc rentrer à Millo par d'autres moyens.

Il fixait Makeda droit dans les yeux, et celle-ci répondit en soutenant son regard :

— J'accepte... effectivement, il me sera utile de rencontrer M. Pettigrew.

Son interlocuteur termina son verre de rhum, le reposa sur le plateau et se leva.

— Pourriez-vous tous être prêts d'ici une heure ? Je vais amener « l'Albatros » sur votre plage.

Deux heures plus tard, la goélette faisait voile vers la Barbade. Heber avait rejoint Grant dans la cabine de pilotage et ils échangeaient avec enthousiasme leurs impressions sur leurs nombreuses croisières dans les Antilles.

Makeda et Jacinthe s'étaient assises sur le pont et admiraient rêveusement les eaux changeantes de l'océan, allant du vert jade au bleu outremer le plus profond, en passant par toutes les nuances de la turquoise et du saphir.

— C'est merveilleux, la goélette, murmura rêveusement la plus jeune. Beaucoup plus agréable qu'avec le navire marchand, avec son gros moteur diésel...

— Ce qui m'importe surtout, c'est de gagner la Barbade, répondit l'autre d'un ton neutre.

— Tu as hâte de finir le livre, n'est-ce pas ? reprit sa cousine. D'une certaine façon, il s'agit de dire un dernier « au revoir » à ton père...

— Oui, c'est un peu vrai, murmura Makeda la gorge serrée.

— Pourquoi es-tu si distante avec Grant Ogilvie ? Tu sembles te méfier de lui...

— Ce n'est pas exactement cela. Je ne le connais pas assez pour savoir si je dois me méfier... Seulement, je n'aimerais pas qu'il s'installe sur Millo et commence à tout changer.

Jacinthe tourna vers elle des yeux inquiets.

— Compte-t-il vraiment y venir?

— Il ne l'a pas dit expressément, mais l'a laissé entendre... et j'ai certainement paru contrariée. D'ailleurs, cela ne l'a pas impressionné. Il a dû me prendre pour une enfant capricieuse...

Avec un léger rire, elle ajouta:

— Il n'a pas entièrement tort! C'était un caprice dans la mesure où nous serons bientôt obligés de quitter Millo. Le nouveau locataire — ou propriétaire — pourra en faire ce qu'il voudra!

Un silence mélancolique s'ensuivit, et les deux jeunes filles s'allongèrent pour profiter de la caresse du soleil.

Tout d'un coup, une voix rieuse les fit sursauter.

— Réveillez-vous, mesdemoiselles! Abi réclame de l'aide à la cuisine.

— Pardonnez-nous, murmura Makeda. Nous ne devrions pas lézarder ainsi...

Grant Ogilvie sourit avec humour.

— Vous serez tout excusées si vous réussissez à préparer un repas correct... il me reste malheureusement très peu de provisions.

— J'ai apporté des fruits, se hâta d'indiquer son interlocutrice en se mettant debout. Ainsi que de délicieux gâteaux préparés par Mammy.

Ils se dirigèrent ensemble vers la cabine d'habitation, et elle poursuivit:

— Serons-nous arrivés à Bridgetown avant quatre heures, à votre avis? J'aimerais me rendre chez le notaire aussitôt, avant la fermeture des bureaux.

— Nous y serons, promit-il. J'espère que les documents de M. Garland s'avéreront suffisants... D'après Heber, c'est surtout M. Hunt, le collègue de votre père, qui avait travaillé sur les dernières fouilles.

— Le professeur Hunt possédait beaucoup plus d'argent, soupira-t-elle. Père avait toujours du mal à joindre les deux bouts. C'est d'ailleurs pourquoi il n'a jamais acheté Millo, mais l'a simplement louée. Après sa disparition, naturellement, notre mère a refusé de renouveler le bail... L'île ne lui plaisait pas du tout.

Grant Ogilvie contempla pensivement le fin profil de sa compagne, détaché contre le bleu du ciel.

— Que ferez-vous si jamais vous ne trouviez pas assez de notes ? demanda-t-il abruptement.

— Je ne sais pas. Je chercherai un travail à la Barbade, je suppose.

— En tant que secrétaire particulière, par exemple ? Je ne vous y vois vraiment pas, Makeda. Vous avez besoin de grand air, de liberté... Vous avez besoin de Millo !

S'efforçait-il de retourner le couteau dans la plaie ? songea-t-elle avec irritation. Sans répondre, elle rejoignit Abi dans la cabine et se mit à préparer le déjeuner.

Les vertes collines de la Barbade apparurent à l'horizon un peu avant trois heures, et en une vingtaine de minutes la goélette s'amarrait dans le port de Bridgetown.

— Le vent nous a été très favorable, fit Ogilvie d'un ton satisfait en s'emparant des bagages d'Abi.

— Je me rends immédiatement chez M. Pettigrew, annonça Makeda à sa sœur. Peux-tu prévenir Mère ? Je vous retrouverai à St James vers six heures.

Abi s'approcha de Grant.

— Aurons-nous l'occasion de nous revoir ? demanda-t-elle en souriant. Nous serons à l'hôtel Waldon jusqu'à vendredi...

Il réfléchit un instant en fronçant les sourcils.

— Je ne peux rien vous promettre, dit-il enfin. Je dois gagner Antigua pour affaires...

— Allez-vous y construire un hôtel ? plaisanta-t-elle.

— Non, répliqua-t-il. Mes projets sont d'ordre tout à fait différent.

Makeda venait d'arrêter un taxi. Elle tendit la main vers le propriétaire de la goélette et salua d'un ton froid :

— Au revoir, monsieur Ogilvie. Je pense que nous ne nous reverrons pas... Merci pour le voyage.

Il garda un instant sa main dans la sienne et murmura :

— Bonne chance, reine de Saba.

La jeune fille s'engouffra dans le véhicule, l'esprit légèrement confus tandis que le chauffeur s'engageait dans les rues encombrées. Grant n'avait pas dit « au revoir », mais « bonne chance »...

Quelques minutes plus tard, elle escaladait les marches de l'immeuble où étaient situés les bureaux du notaire. Une secrétaire l'accueillit aimablement.

— Pourrais-je voir M. Pettigrew, s'il vous plaît ? demanda Makeda en reprenant son souffle. J'arrive spécialement de Millo pour lui parler...

L'employée prévint le notaire par interphone. Quelques minutes plus tard, elle introduisit l'adolescente dans un vaste bureau. Un grand sourire se dessina sur le visage ridé du vieil homme.

— Ma chère miss Garland, quelle bonne surprise ! Je ne vous ai pas vue depuis des mois...

Il l'invita à s'asseoir tout en couvant d'un œil admiratif la mince silhouette vêtue d'un ensemble bleu pâle. La fille du professeur Garland, avec ses cheveux fins et blonds joliment noués sur la nuque d'un ruban assorti à sa tenue, était de plus en plus charmante. Il la connaissait depuis l'enfance et la savait intelligente et décidée.

— Je suis venue chercher les notes de mon père, monsieur Pettigrew, expliqua-t-elle. Elles sont bien en votre possession, n'est-ce pas ?

— Une partie seulement, répliqua-t-il. Le reste devrait me parvenir dans quelques jours... Votre mère ne vous a-t-elle pas prévenue ?

— Non... je ne l'ai pas encore vue.

Son interlocuteur chaussa ses lunettes et sortit un dossier.

— Dans ce cas, elle ne vous aura pas mis au courant des termes du testament...

Il s'éclaircit la gorge et poursuivit :

— Je vais vous expliquer brièvement la situation. Vous ignorez peut-être que l'actuel propriétaire de Millo, et celui qui avait loué l'île à votre père, était le professeur Hunt lui-même, disparu au cours de la même expédition que M. Garland...

Makeda esquissa un mouvement de surprise, mais elle le laissa continuer sans l'interrompre.

— C'était une manière pour M. Hunt de venir en aide à son collègue, et de lui offrir une calme retraite où travailler et abriter sa famille.

— Le geste était très généreux, murmura-t-elle d'une voix émue.

— Oui, n'est-ce pas ? Je sais quelle affection vous éprouvez envers Millo... A la mort de votre père, votre mère a refusé de renouveler le bail. Elle vous a certainement prévenue, je pense...

La jeune fille hocha la tête.

— Mais qui... qui est le nouveau propriétaire ? interrogea-t-elle.

— Justement, nous y arrivons. Le professeur Hunt avait un seul héritier, son neveu.

— Son neveu ?

Makeda se pencha en avant, le visage soudain angoissé.

— Il va vendre l'île, n'est-ce pas ? Et n'importe qui va pouvoir l'acquérir pour y construire de véritables horreurs...

Son interlocuteur la regarda fixement par-dessus ses lunettes.

— Non, corrigea-t-il, au contraire ! M. Grant Ogilvie n'a pas l'intention de se débarrasser de Millo. Il a tout autre chose en tête.

La jeune fille lui adressa un regard ébahi.

— Grant Ogilvie ? répéta-t-elle enfin. J'ai du mal à croire... Il nous a lui-même amenés à Bridgetown ce matin, et n'a pas dit un seul mot de toute cette histoire !

Le notaire haussa imperceptiblement les épaules et indiqua d'un geste de la main les dossiers ouverts devant lui.

— Pourtant, les faits sont là, chère Miss Garland. J'ai ici tous les documents authentiques.

La fille de l'archéologue resta silencieuse un long moment, ses yeux verts contemplant sans la voir l'avenue bordée de palmiers que l'on distinguait par la fenêtre.

— Cette nouvelle est tout simplement catastrophique, dit-elle en se passant la main sur le front. M. Ogilvie veut tout bouleverser sur l'île, j'en suis certaine. Il est promoteur immobilier, n'est-ce pas ? Son seul but sera d'ajouter Millo à son domaine...

— En tout cas, cela viendra plus tard, répondit l'autre d'un ton rassurant. Pour le moment, votre nouveau propriétaire a décidé de respecter les dernières volontés de son oncle ; vous pourrez rester à Succoth jusqu'à ce que l'ouvrage de votre père soit terminé. Même si le bail se trouve légèrement dépassé...

Makeda était partagée entre le soulagement et la colère. Rester à Millo pour finir l'ouvrage du professeur était son plus cher désir ; mais en même temps, il serait insupportable de voir Dieu sait quels travaux d'aménagement commencer sous ses propres yeux.

— Je ne pourrai jamais accepter d'assister à la destruction de mon île, s'écria-t-elle. J'imagine que la construction d'un hôtel de luxe se déroulera sous mes fenêtres, au moment où je serai en train de travailler...

Elle s'interrompit un instant et reprit :

— Pardonnez-moi mon mouvement d'humeur... j'ai encore tendance à considérer Millo comme mon bien.

— Acceptez donc l'offre de M. Ogilvie, suggéra-t-il, même si vous n'êtes pas d'accord avec ses méthodes. Il est important de publier ce manuscrit, Makeda. Votre père, apparemment, a fait d'importantes trouvailles avant de mourir.

— A-t-il découvert d'autres mines ? suggéra-t-elle, soudain enthousiaste. Différentes des mines d'ophite du roi Salomon ?

— J'en ai l'impression, répliqua le vieil homme. Mais nous ne saurons rien avant d'avoir reçu la dernière partie des notes, la plus importante.

— Ce serait merveilleux, murmura-t-elle. Il aurait réalisé le rêve de son existence...

— L'éditeur de votre père, M. Andresson, aimerait publier l'ouvrage avant l'automne... Pensez-vous avoir terminé d'ici là ?

— Certainement, puisqu'à présent je pourrai travailler à Succoth sans me soucier de chercher une autre résidence.

— Et... qu'envisagerez-vous après, ma chère enfant ?

— Après la publication ? Je l'ignore totalement. Je n'y ai pas réfléchi... Je quitterai l'île, bien sûr, mais je ne sais pas encore où j'irai.

— Votre sœur et votre frère seront à New York, n'est-ce pas ? Et votre mère à Londres.

— Oui... mais j'hésite à rejoindre les uns ou les autres. D'ailleurs, Jacinthe est extrêmement désemparée elle aussi.

— A ce propos, je tenais à vous signaler autre chose dans le testament de votre père... Sa fortune était peu élevée, vous vous en doutez, mais il l'a très également partagée entre vous quatre. Si votre cousine souhaite poursuivre ses études, il lui sera très facile d'utiliser sa part d'héritage.

— Il a pensé à tout, fit Makeda avec émotion. Oh, monsieur Pettigrew, si seulement il avait pu acheter Millo ! J'aurais volontiers renoncé à ma part d'héritage...

— Cela n'aurait pas suffi, vous le savez bien, gourmanda-t-il doucement. M. Garland avait gardé de quoi assurer votre avenir, et également de quoi financer un peu ses expéditions. Il ne pouvait rien faire de plus.

Elle hocha à nouveau la tête en silence, au bord des larmes. Cet affreux Grant Ogilvie possédait désormais son île, son île secrète, où elle avait trouvé la beauté et la liberté, et qui conserverait à jamais le souvenir poignant du passé... Elle achèverait le livre, en hommage à la mémoire de l'archéologue. Mais Millo était à jamais perdue...

La jeune fille se mit lentement debout.

— Pardonnez-moi de vous avoir retenu si longtemps, s'excusa-t-elle. Je vais rentrer... Puis-je revenir demain, pour voir si le complément des notes est arrivé ?

— Repassez demain après-midi, acquiesça-t-il. J'aurai certainement tout reçu à ce moment-là. Vous retournez à Succoth vendredi, n'est-ce pas ?

— Oui, avec le navire marchand. J'espère que Mère nous accompagnera... Il doit être ruineux pour elle de séjouner à l'hôtel.

— Elle a beaucoup d'amis à Bridgetown, vous savez. Peut-être décidera-t-elle de rester à la Barbade encore un moment.

Oui, songea Makeda, c'était possible. Mme Garland avait besoin de compagnie, d'une vie sociale active...

— Venez demain vers trois heures, conclut le notaire.

Puis il la conduisit jusqu'à la porte, conscient de l'expression préoccupée de la jeune fille. Il se demandait comment l'aider... Malgré son tempérament naturellement équilibré, elle avait été profondément secouée par les événements.

— Votre travail vous absorbera pendant plusieurs semaines, lança-t-il d'un ton encourageant du haut de l'escalier. Cela sera passionnant, vous verrez !

Elle lui adressa un dernier sourire avant de disparaître. Dieu merci, effectivement, la mise au point du manuscrit se révélerait un excellent dérivatif à ses sombres pensées.

La foule dense et colorée de la rue lui rappela soudain que l'on était à l'époque du Carnaval. De multiples manifestations étaient prévues ; bals, concerts, évocations historiques sur l'époque des plantations et de l'émancipation des esclaves... A l'origine, un ou deux siècles auparavant, la cérémonie avait une signification tout à fait différente ; il s'agissait de célébrer la moisson, et tous les habitants des plantations se réunissaient pour décorer le moulin de bouquets de fleurs et de masses de rubans. Depuis, les choses avaient bien changé et s'étaient considérablement compliquées. Des chars bigarrés, couverts de bougainvillées et d'hibiscus, s'efforçaient de fendre l'attroupement grouillant des habitants ; des jeunes gens joyeux et épanouis chantaient et gesticulaient dans tous les sens, ralentissant considérablement la marche du bus dans lequel Makeda avait réussi à grimper.

Le quartier de St James, de l'autre côté de la ville, était lui aussi en pleine effervescence ; à chaque coin de rue, des groupes de musiciens jouaient une musique entraînante et des artisans venaient exposer leur production sur tous les trottoirs. Cependant, l'hôtel Waldon paraissait relativement calme. La jeune fille pénétra dans le hall avec soulagement et consulta sa montre ; il était déjà six heures, et elle ne distinguait pourtant aucun membre de sa famille. Que se passait-il ? D'ordinaire, ils étaient tous ici, occupés à prendre l'apéritif avant le repas...

— Votre mère et votre frère sont allés dîner chez des amis, expliqua la réceptionniste. Voici la clef de vos appartements ; ainsi, vous pourrez vous changer vous aussi avant de sortir.

— Je... je ne sortirai pas, répliqua Makeda, se sentant tout d'un coup étrangement seule. Je ne suis venue à Bridgetown que pour affaires...

La réceptionniste haussa les sourcils.

— Des affaires, à l'époque du Carnaval ? Ce n'est pas le moment, voyons ! Il faut vous distraire, vous amuser... N'y a-t-il personne en ville qui puisse vous inviter ?

— Seulement mon frère, et il a apparemment d'autres projets... Savez-vous si Abi et Jacinthe l'ont accompagné ?

— Je ne saurais vous dire, ne les ayant pas vues. Cependant, il y a un message pour vous dans votre chambre. Dois-je vous faire préparer un lunch ? Il reste très peu de personnel, car ils sont tous à la fête, mais je peux arranger quelque chose...

— Un sandwich me suffira amplement, je vous remercie.

Munie de la clef, la jeune fille se dirigea vers l'escalier. Elle avait pris son dernier repas à bord de l'Albatros, plusieurs heures auparavant, mais ne ressentait curieusement aucune sensation de faim. L'évocation de la goélette ramena sa pensée vers Grant Ogilvie. Le visage décidé de l'homme, ses yeux bleus et sardoniques lui donnaient parfois l'air de l'un des anciens pirates des Caraïbes... N'avait-il pas songé, durant toute la traversée, aux prochains travaux qu'il entreprendrait sur Millo ? Peut-être même regrettait-il que le testament de son oncle l'oblige à laisser la fille de l'archéologue résider à Succoth pendant un certain temps...

Les appartements de la famille Garland, dans l'hôtel Waldon, étaient situés à l'arrière du bâtiment et la chambre de Makeda donnait sur un calme jardin, particulièrement agréable. Un flamboyant — cet arbre magnifique des Antilles, à fleurs rouges — s'y dressait dans toute sa splendeur.

L'adolescente posa son sac sur le lit et aperçut une enveloppe glissée contre le miroir de la coiffeuse. Elle reconnut la petite écriture nette de sa mère et ouvrit la lettre avec curiosité.

« Ma chérie, disait Mme Garland, nous passons la soirée chez les Ashford et nous serions enchantés si tu nous y rejoignais. Il s'agit d'un dîner assez simple, mais il sera suivi d'un bal dans le jardin avec un orchestre traditionnel. Cela couronnera dignement le carnaval, et Abi est folle de joie d'y assister avant de rentrer à New York... »

Le message ne mentionnait pas Jacinthe, mais elle avait certainement dû les accompagner.

Makeda passa sous la douche en soupirant. Qu'allait-elle faire ? Les Ahsford étaient de très vieux amis de sa mère, mais ils se montraient très conventionnels et un peu ennuyeux. Ils appartenaient à ces anciennes familles de planteurs de l'île, extrêmement fières de leurs origines et élevant leurs enfants suivant des principes rigides et légèrement dépassés. Cela n'empêchait pas Mme Garland de souhaiter vivement l'union de son fils avec l'une de leurs filles...

L'adolescente soupira. Non, décidément, elle n'avait pas du tout envie de se rendre à cette réception, dans l'immense maison coloniale plus proche d'un musée que d'une vraie demeure chaude et intime... Elle sortit de la douche, drapée dans une vaste serviette de bain, et ouvrit son sac de voyage que Heber avait eu la gentillesse d'apporter pendant la visite de sa sœur chez le notaire. Qu'allait-elle mettre pour dîner ? Même pour manger seule, elle avait envie de déployer un effort de toilette... Son regard s'arrêta sur un tailleur de soie crème offert par sa mère l'année précédente. Elle le tint devant elle et s'examina dans le miroir d'un œil critique. Le beige ne lui donnait-il pas mauvaise mine ? En fait, pas trop, dût-elle s'avouer. Il rehaussait même le vert de ses yeux et l'éclat mat de sa peau bronzée...

Une fois habillée, Makeda descendit à la salle à manger avec bonne humeur. Son sens de l'humour s'amusait de la situation ; elle s'était mise en grande tenue alors que personne n'était là pour l'admirer, mis à part le chat de l'hôtel.

Arrivée à la dernière marche de l'escalier, elle s'arrêta brusquement. Une haute silhouette se détachait au milieu du hall, un homme brun aux yeux très bleus qu'il était impossible de ne pas reconnaître, même dans son élégant costume de soirée...

Grant Ogilvie ! La jeune fille tourna en hâte dans le couloir, espérant ne pas être aperçue. Elle se rendit compte aussitôt de l'inutilité du geste ; il suffisait à Grant de s'enquérir auprès de la réceptionniste pour savoir où trouver « Miss Garland ». Elle serra contre sa poitrine son grand sac de tapisserie — le seul qu'elle possédait — et attendit quelques instants. Probablement était-il venu chercher Abi, et lui demanderait-il où elle passait la soirée.

Soudain il remarqua Makeda et s'approcha d'elle à grands pas.

— Avez-vous vraiment besoin de cet immense sac ? lança-t-il d'une voix railleuse. Y cachez-vous toute votre fortune ?

— Je n'en ai pas d'autre, répliqua-t-elle, les joues en feu. De toute façon, il me plaît beaucoup ! Il contient énormément de choses.

— Je veux bien le croire, répondit-il en parcourant du regard le délicieux tailleur de soie. Mais il n'est pas très en harmonie avec votre tenue... Vous apprêtiez-vous à sortir ?

— Non. Je vais prendre quelques sandwichs dans la salle à manger.

— Mm... et après ?

— Je... je vais lire un peu, je suppose.

L'inquisition de son interlocuteur l'irritait profondément.

— Où sont donc passés les autres ? Heber, Abi, votre cousine...

— Ils étaient invités à une soirée.

— Et pas vous ?

— Si, mais je suis rentrée trop tard...

— Vous auriez pu prendre un taxi, persifla-t-il.

— Je préfère éviter les dépenses excessives, monsieur Ogilvie.

Il sourit légèrement, conscient de l'irritation de sa compagne.

— Si vous n'avez rien avalé depuis midi, un ou deux sandwichs ne suffiront pas. Je vous propose de venir dîner avec moi ; j'aimerais vous parler de Millo.

Makeda se raidit et serra encore plus son sac contre elle.

— Vous savez que je me suis rendue chez le notaire, n'est-ce pas ? jeta-t-elle. Et qu'il m'a révélé votre véritable identité...

Grant fit un pas en avant.

— Soyons clairs, rétorqua-t-il gravement. Chaque fois que nous avons commencé à parler de l'île, vous avez pris la mouche et avez lancé un certain nombre d'accusations sans me donner l'occasion de mettre les choses au point...

Il saisit la jeune fille par le coude et l'entraîna vers la porte.

— Nous ne pouvons discuter ici, poursuivit-il. Je connais un restaurant tranquille...

Makeda s'efforça de résister.

— Je n'ai absolument pas faim ! protesta-t-elle. Pourquoi ne pas bavarder dans l'un des salons de l'hôtel ?

— Parce que moi, pour ma part, j'ai l'estomac dans les talons ! répliqua-t-il avec un rire bref. Et il en sera de même pour vous dans quelques instants, j'en suis persuadé.

La jeune fille se laissa entraîner à contrecœur. Que voulait donc Grant Ogilvie ? Essayer par tous les moyens de récupérer Succoth le plus tôt possible, en lui demandant de n'y rester que très peu de temps ? Une fois encore la vision de son île chérie surgit devant ses yeux, et elle s'efforça de refouler les larmes brûlantes lui serrant la gorge. Elle ne se soumettrait pas facilement et se promettait de discuter pied à pied.

Sophie Burgess, la gérante de l'hôtel, entra au moment où ils sortaient et leur adressa un large sourire.

— Vous désirez voir le carnaval ? lança-t-elle gentiment. C'est une excellente idée... Où irez-vous ?

— Nous n'avons pas encore choisi, répliqua aimablement Grant en devançant la réponse de sa compagne.

— Bonne soirée tout de même, fit la charmante hôtesse. Je préviendrai votre mère de votre départ, Miss Garland.

— Je ne rentrerai pas tard, rétorqua celle-ci. Dites-le lui également, je vous prie.

La voiture du propriétaire de l'Albatros était garée juste devant l'hôtel, et il ouvrit la portière du passager pour permettre à Makeda de prendre place.

Quelques minutes plus tard, le véhicule s'enfonçait dans un dédale de ruelles animées. La dernière fois qu'elle avait assisté au carnaval, songea la jeune fille, c'était en présence de son père... Sa gorge se noua à nouveau et elle garda le silence quelques instants.

— Vous ne parlez pas beaucoup, remarqua le conducteur. Que se passe-t-il ? Regrettez-vous de m'avoir suivie ?

— Oui... un peu. Qu'avez-vous de si important à me confier ?

— Je vous en parlerai tout à l'heure, au restaurant. Pour le moment, je dois accorder toute mon attention à la conduite.

Ils s'enfonçaient dans les faubourgs et la foule devenait de plus en plus dense. Toute l'île de la Barbade semblait s'être réunie au même endroit... Les cris, les chants, la musique rendaient l'atmosphère assourdissante. Un immense bateau à voile, dans la baie, s'apprêtait à partir pour une croisière nocturne. Les mâts se détachaient nettement contre un spendide soleil couchant et le pont était brillamment illuminé. Un jeune homme déguisé en pirate traditionnel, le bandeau sur l'œil et l'épée à la ceinture, vociférait joyeusement au hublot de l'une des cabines, une bouteille de rhum à la main.

— Quel spectacle magnifique ! s'exclama soudain Makeda. Ces couleurs, ces mélodies... On se croirait transporté deux siècles en arrière.

— Eprouvez-vous la nostalgie du passé ?

— Pas forcément. J'étais parfaitement heureuse dans le présent jusqu'à ce que...

— Jusqu'à ce que j'entre en scène ? compléta-t-il avec humour. Il faut pourtant savoir accepter certaines choses, ma chère enfant. On ne peut pas perpétuellement vivre dans un rêve...

— Je ne vous comprends pas, fit-elle d'un ton raide.

— Il est temps pour vous de mûrir un peu, et d'affronter certaines réalités, expliqua-t-il. Vous ne serez pas éternellement une petite fille.

— Vous vous exprimez comme si vous aviez quatre-vingts ans ! jeta-t-elle non sans mépris. A quel âge avez-vous donc commencé à étendre votre empire immobilier sur les îles environnantes ?

— A vingt ans exactement, répliqua-t-il, pas plus. Mon oncle, le professeur Hunt, possédait beaucoup de terres mais préférait se consacrer à l'archéologie, comme vous pouvez vous en douter. Il m'avait donc demander de mettre ses domaines en valeur à sa place. Naturellement, j'ai commencé moi-même à acquérir plusieurs terrains...

Il s'arrêta un instant et reprit :

— D'une certaine manière, c'était là ma façon personnelle de lui rendre hommage. Je suis orphelin et il s'est entièrement occupé de mon éducation. Il était heureux de savoir ses propriétés en de bonnes mains, et de me voir réussir de mon côté...

Makeda lui jeta un regard de biais, légèrement surprise de cette confession. Elle avait cru l'homme trop endurci pour être accessible à l'émotion.

— Et quel âge aviez-vous lorsque... vous avez perdu vos parents ? demanda-t-elle.

— Mon père est mort peu après ma naissance. Ma mère lui a survécu quelques années, mais elle était gravement malade et passait la plupart de son temps à l'hôpital...

— Etes-vous... marié ? reprit-elle spontanément, se rappelant la remarque d'Abi à propos de l'une de ses patientes.

Grant ne répondit pas, et elle se hâta d'ajouter :

— Non, je suppose que vous ne l'êtes pas. Sinon, vous ne seriez pas seul pour sillonner la mer des Caraïbes comme vous le faites...

A cette remarque, son interlocuteur éclata de rire.

— La seule raison pour laquelle je « sillonne la mer », selon votre expression, est que j'habite sur l'Albatros depuis deux ans. Je n'ai pas d'autre logement ! N'avez-vous pas noté l'aménagement intérieur ? Tout y est prévu...

— Effectivement, murmura-t-elle. C'est un bateau magnifique... Je l'admire beaucoup.

— Je le possède depuis quatre ans, expliqua-t-il avec fierté.

Ils arrivaient en vue d'un village et le trafic s'était considérablement allégé.

— Aimeriez-vous dîner au Hilton ? demanda-t-il soudain.

Makeda s'agita nerveusement. Elle appréciait peu les endroits trop luxueux et s'y sentait aussi déplacée qu'un poisson hors de l'eau.

— Ne connaissez-vous rien de plus simple ? interrogea-t-elle avec une certaine timidité.

Grant jeta un coup d'œil amusé à cette petite sauvageonne des îles, inconsciente de sa beauté avec ses longs cheveux blonds et ses immenses yeux vert jade.

— Si, répondit-il avec diplomatie. Il existe un charmant restaurant tout au bord de l'eau, où l'on mange à merveille. Nous y serons dans quelques instants.

La nuit était complètement tombée, nuit tropicale illuminée d'étoiles et chaude comme un bain de minuit. La route longeait la mer ; on entendait, en contrebas, le grondement sourd des flots venant s'écraser sur les rochers avec une régularité millénaire.

Ils garèrent la voiture devant une jolie bâtisse peu élevée, blanchie à la chaux, d'où s'échappait un joyeux rythme de samba. L'homme offrit son bras à sa compagne pour la conduire jusqu'à la porte ; un vent particulièrement fort soufflait de l'océan, chargé d'embruns et de senteurs marines.

Un serveur les installa à une table agréablement située près d'une fenêtre qui donnait sur la plage. Des bougies disposées dans de hauts chandeliers faisaient jouer des ombres fugaces sur les boiseries.

— L'endroit est très joli, approuva la jeune fille en regardant autour d'elle avec enthousiasme. On a exactement l'impression de se retrouver sur la cabine d'un bateau !

Elle ajouta avec un sourire mutin :

— Vous aviez raison, tout à l'heure... à présent, je meurs de faim.

Grant commanda les meilleurs plats et demanda à sa compagne avec une légère ironie :

— Qu'aimeriez-vous boire ? Une limonade ?

— Certainement pas ! protesta-t-elle en rougissant. Ce soir, je prendrai un cocktail... c'est le carnaval, après tout !

— Bien, acquiesça-t-il. Mais tâchez de garder la tête froide... nous devons avoir une très sérieuse conversation.

Makeda eut l'impression d'une douche froide. Elle avait un peu oublié les motivations de l'homme pour l'amener ici...

— Permettez-moi au moins de manger tranquillement, répliqua-t-elle. Nous pourrons parler ensuite.

Il haussa les épaules en souriant :

— Eh bien... si vous voulez.

On leur servit un repas délicieux composé de plats typiques de la Barbade. Des fruits exotiques et un excellent café vinrent couronner le tout. La jeune fille s'adossa et soupira d'aise. La nourriture lui avait fait du bien... A l'autre bout de la pièce, l'orchestre qui s'était interrompu un moment, se remit à jouer, et elle y prêta l'oreille avec une attention émue. Elle adorait par-dessus tout cette musique si chaude et si vibrante des îles, aux accents inoubliables. La mélodie mélancolique d'une guitare sèche s'éleva et des couples commencèrent à évoluer sur la piste de danse.

Grant se pencha soudain vers elle et l'invita à danser. Le cœur battant, sans qu'elle pût très bien comprendre pourquoi, elle le suivit et se retrouva enlacée dans une puissante étreinte, tanguant au rythme de la nostalgique chanson. Pourquoi, au nom du ciel, se sentait-elle aussi troublée par une simple danse ? Lorsque la dernière note fut jouée, un crépitement d'applaudissements éclata, et dans le tumulte général son compagnon s'inclina et posa ses lèvres sur les siennes. Il ne les y laissa qu'un court instant, mais Makeda se sentit vaciller et ferma les yeux quelques secondes, le souffle haletant...

Déjà, il la reconduisait vers la table et la jeune fille se demandait si elle n'avait pas tout simplement rêvé.

— Vous aimez danser, n'est-ce pas? murmura Grant à voix basse.

— Oui. Vous dansez très bien vous-même, répliqua-t-elle en s'asseyant, déterminée à ne pas faire allusion au baiser.

Il avait pris place en face d'elle et se servit un verre de vin.

— Votre notaire vous a-t-il donné les notes de votre père? questionna-t-il soudain.

Makeda serra instinctivement les poings sous la table. La trêve était finie. Il entrait dans le vif du sujet...

— Pas encore, répliqua-t-elle brièvement.

Grant eut un geste rassurant.

— Ne vous méprenez pas sur mes intentions; en fait, mon oncle a laissé lui-même une certaine quantité de documents, et j'aurais aimé les comparer avec ceux de son collègue.

— Mais je ne tiens pas à vous les montrer! protesta-t-elle avec colère. Les documents de mon père sont infiniment précieux à mes yeux, et je serais incapable de les partager avec qui que ce soit...

Elle se leva, des larmes de rage aux paupières. La soirée avait pourtant si bien commencé! Ogilvie était dénué du tact le plus élémentaire.

— Ramenez-moi à St James, je vous en prie, demanda-t-elle brusquement. Je n'ai plus rien à vous dire!

Ils sortirent puis remontèrent en voiture sans échanger une parole. Au bout d'un instant, l'homme reprit :

— Vous n'êtes pas la seule à vouloir rendre

hommage à un disparu, Makeda. Si les notes de mon oncle ne vous intéressent pas, je les ferai moi-même publier de mon côté.

Elle sursauta, horrifiée.

— C'est impossible ! Les deux livres ne peuvent pas sortir en même temps... Ce serait une absurdité !

— Je risquerais d'y perdre, effectivement. Mais je suis prêt à courir le risque.

— Vous n'avez pourtant pas besoin d'argent, jeta-t-elle avec colère. Que cherchez-vous donc à satisfaire ? Une fierté personnelle, un désir de ne jamais échouer ? Evidemment, je ne vous connais pas assez...

— Oui, interrompit-il. Vous ne savez rien de moi...

La lune s'était levée depuis longtemps, pâle croissant d'or mélancoliquement accroché au-dessus des collines qui se détachaient contre le ciel comme des silhouettes de papier découpé. Une imperceptible brise plus fraîche venait caresser les joues de la jeune fille, et elle disposa sur ses épaules un châle de laine fine emporté par précaution.

A Bridgetown même, le carnaval battait encore son plein. Les immenses plages de sable blanc étaient couvertes de gens dansant à la lumière des torches ou s'occupant à préparer, ici et là, de vastes barbecues. Des cracheurs de feu exécutaient leur périlleux exercice au son des milliers de mélodies qui résonnaient aux quatre coins de l'île, s'entrecroisant et se mêlant pour ne plus former qu'une seule musique, véritable hommage à la nuit tropicale...

Makeda serra le châle plus étroitement sur son cou.

— Avez-vous froid ? demanda son compagnon.

— Non... je pensais à Millo. Elle paraît tout d'un coup si loin...

— Vous la reverrez après-demain, répliqua-t-il

assez sèchement. Si du moins vous avez vraiment l'intention de rentrer par le navire marchand...

— C'est tout à fait mon intention, effectivement, rétorqua-t-elle sur le même ton. Je ne saurais attendre plus longtemps.

Ils arrivaient devant l'hôtel Waldon et Grant gara sa voiture.

— Je vous accompagne à l'intérieur, annonça-t-il.

Ils pénétrèrent dans la hall désert, seulement éclairé par quelques flambeaux orangés qui jetaient une étrange lumière, presque irréelle.

— Je vous remercie pour le dîner, murmura poliment la jeune fille. C'était très aimable à vous de m'avoir invitée.

Grant éclata de rire.

— Je vois que vous savez jouer à merveille le rôle d'une demoiselle bien élevée... Personnellement, je ne suis pas sûr d'avoir réussi à mener à bien la discussion projetée. Cela dit, n'oubliez pas ; si vous avez besoin des notes de mon oncle, faites-moi signe.

Sur ce, il s'éloigna à grandes enjambées.

3

Le restant de la famille Garland ne se montra que plusieurs heures après le retour de Makeda elle-même. La jeune fille les avait vus sortir du taxi par la fenêtre et elle descendit à leur rencontre.

— Quelle soirée délicieuse ! s'exclama sa mère en faisant bouffer ses cheveux blonds. Je ne m'étais pas autant amusée depuis des années !

Elle aperçut tout d'un coup sa fille à l'autre bout du hall et poursuivit :

— Mais où as-tu donc passé la soirée, ma chérie ? Nous t'attendions chez les Ashford... N'as-tu pas trouvé mon message ?

— Si, répondit l'intéressée, mais je venais de rentrer de chez le notaire et il m'a semblé être un peu tard pour vous rejoindre. Mme Ashford met la ponctualité au-dessus de tout, n'est-ce pas ?

— Certes, mais elle aurait certainement fait une exception pour toi... Allons nous asseoir au salon. Je suis sûre que Mme Burgess nous y aura laissé un plateau de rafraîchissements.

Elle s'éloigna d'un pas vif. Abi se pencha vers sa sœur et murmura :

— Tu n'as pas répondu à la question de mère... Où as-tu donc pris ton dîner ? Pas seule ici, j'espère.

— Non, fit Makeda. Grant Ogilvie est venu m'inviter, et nous nous sommes rendus dans un restaurant sur la côte.

Les yeux de l'autre s'écarquillèrent.

— Vraiment? T'a-t-il confié de passionnantes révélations?

— Euh... en fait, nous n'avons pas beaucoup parlé.

Elles rejoignirent Dolly Garland dans le salon. Celle-ci s'était confortablement allongée sur l'un des canapés et grignotait un biscuit.

— Verse-nous à boire, Jacinthe, s'il te plaît, demanda-t-elle en souriant. Tu as bien dansé chez les Ashford, n'est-ce pas? Je t'ai vue valser quatre fois avec le même jeune homme.

L'intéressée hocha la tête, l'esprit ailleurs. Elle avait entendu les paroles échangées par ses deux cousines et la mention de Grant Ogilvie la laissait songeuse.

— Veuillez m'excuser, dit-elle après avoir empli les verres de chacun. Je me sens épuisée, et je crois que je vais monter me coucher.

— Déjà? s'exclama Mme Garland en haussant les sourcils. Vous autres jeunes n'avez plus aucune énergie! De mon temps, nous dansions jusqu'au petit matin sans jamais éprouver de fatigue.

— Vous-même avez longtemps monopolisé la piste de danse, Mère, intervint Heber d'un air rieur. Qui était ce charmant vieux monsieur qui ne quittait pas votre bras?

Son interlocutrice rougit légèrement et s'examina dans son poudrier.

— Un vieil ami de notre hôte, répliqua-t-elle avec une feinte indifférence, un ancien parlementaire. Il vient juste de prendre sa retraite. Mais parlons d'autre chose... Donnez-moi des nouvelles de Millo. Que s'est-il passé en mon absence?

Makeda esquissa un mouvement de retrait vers la porte, mais sa mère l'aperçut.

— Reste ici, s'il te plaît ! intima-t-elle. J'ai quelque chose à te dire, à toi en particulier.

Elle s'interrompit un instant pour ménager ses effets et reprit d'un ton théâtral.

— J'ai reçu aujourd'hui une lettre de Londres, provenant d'un certain Simon Wetherby...

Makeda vint s'asseoir à côté d'elle, soudain intriguée. Le nom lui semblait vaguement familier, mais elle n'aurait su dire pourquoi.

— Ce monsieur a travaillé en Egypte avec ton père, poursuivit Dolly. Il sait que tu t'occupes actuellement du manuscrit, et il semble être convaincu que sa présence te serait très utile.

— Mais il habite à Londres, n'est-ce pas ?

— C'est exact. Seulement, il ne va pas tarder à arriver à la Barbade... et je me suis dit que tu devrais l'inviter à Millo. C'est un jeune homme charmant, j'en suis certaine...

— Je me souviens de lui, à présent. Il était venu rendre visite à Père, il y a quatre ans, au cours de l'un de nos séjours à Londres. Il débutait à peine.

— Je séjournerai moi-même sur l'île pendant quelque temps. D'après M. Pettigrew, nous n'avons pas besoin de partir tout de suite... et cela me permettra de me reposer et de réfléchir.

— Bien, j'inviterai M. Wetherby, conclut Makeda. Espérons qu'il ne tardera pas trop.

Sur ce, elle disparut après avoir souhaité le bonsoir à la cantonade.

Le lendemain après-midi, elle se rendit comme convenu à l'adresse du notaire.

— Malheureusement, M. Pettigrew n'est pas encore rentré de déjeuner, expliqua la secrétaire en consultant sa montre d'un air contrarié. Voulez-vous l'attendre ?

Makeda dissimula un soupir et entra dans la pièce voisine. Son cœur battait d'appréhension. Les notes de son père étaient-elles enfin arrivées ?

Tout d'un coup, la porte s'ouvrit et Grant Ogilvie se profila dans l'embrasure. Son visage s'éclaira d'un sourire et il s'exclama :

— Voici la reine de Saba en personne... que faites-vous ici, ma chère enfant ?

— J'avais rendez-vous avec mon notaire... mais il n'est pas encore là.

— C'est ce que je vois. C'est ennuyeux, car je lui apportais un document qu'il m'a demandé tout à l'heure, pendant le déjeuner. Cela dit, quelle coïncidence de nous savoir tous les deux clients du même office, n'est-ce pas ? Etes-vous venue chercher les notes de votre père ?

— Oui, fit-elle brièvement, de plus en plus agacée par le retard de l'homme de loi.

— Je comprends que ces documents se révèlent d'une grande importance à vos yeux, reprit-il. Vous n'avez aucune autre source d'information, si je ne m'abuse. Mis à part, naturellement, les documents personnels de mon oncle...

Makeda songea soudain qu'elle devait mentionner Simon Wetherby.

— En fait, il s'est produit un fait nouveau, souligna-t-elle. Un collègue du professeur Hunt et de mon père nous a écrit pour annoncer son arrivée. J'ai l'intention de l'inviter à Millo.

Grant ne put dissimuler sa surprise.

— Voilà qui est fort intéressant... l'atmosphère de l'île sera sans aucun doute extrêmement studieuse pendant un bon moment. A votre avis, combien de temps vous faudra-t-il pour avoir complètement terminé ?

La jeune fille sentit toute sa méfiance et sa colère à l'égard du personnage resurgir. Ainsi, il envisageait toujours de lui faire quitter Succoth le plus vite possible...

— Je n'en ai aucune idée, rétorqua-t-elle froidement. Votre désir de respecter les dernières volontés de votre oncle vous honore, mais si vous le souhaitez, je peux abandonner Millo immédiatement, et travailler ailleurs.

Un silence pesant s'établit, comme si l'homme jaugeait les paroles de sa compagne.

— Vous pouvez rester dans votre maison aussi longtemps que vous le désirez, lança-t-il enfin. Mais je serai honnête avec vous ; les travaux de construction sur l'île commenceront très vite.

— Vous possédez déjà un empire considérable, contra-t-elle avec colère. Pourquoi vous attaquer à Millo en particulier ?

— Parce que je suis un homme d'affaires, comme vous vous plaisez à le faire remarquer, répondit-il avec un visage dur. Je n'aime pas voir les choses demeurer à l'abandon... Je ne toucherai pas tout de suite à votre demeure elle-même, bien qu'elle ait besoin de sérieuses réparations, mais je me considère comme maître chez moi pour tout le reste. Votre mère est d'ailleurs d'accord avec mes conceptions.

— Sa position ne m'étonne pas, murmura Makeda avec amertume. Elle ne s'est jamais plu à Succoth, et s'y est toujours profondément ennuyée. Certes, elle avait le droit d'avoir ses propres conceptions du bonheur, mais mon père aussi, et elle aurait pu les respecter...

— Que pense votre frère de tout cela ? interrogea l'autre, peu désireux de laisser la conversation s'égarer sur Dolly Garland.

— Heber ? Il... il n'a jamais vraiment partagé mes sentiments au sujet de notre île. Il n'y séjournait que pour les vacances. Certes, c'était déjà énorme ; la famille se réunissait ainsi périodiquement, et cela comptait beaucoup pour moi. Mais après la rédaction définitive du livre...

Sa gorge se serra et elle poursuivit d'une voix brisée :

— ... Nous n'aurons plus aucun endroit fixe où

nous retrouver. Dans un sens, nous serons définitivement dispersés et finirons par nous perdre de vue...

— A cause de moi, compléta pensivement son interlocuteur. Imaginez un instant... que je vous permette de résider en permanence à Succoth. Que se passerait-il ?

Elle leva vers lui un regard incrédule.

— Je... d'où vous vient cette idée ? demanda-t-elle d'un ton soupçonneux. Vous devez avoir des raisons pour émettre une telle proposition... Je ne vous estime pas capable de concessions gratuites. Qu'espéreriez-vous donc gagner à semblable marché ?

Grant eut un rire étouffé et s'assit négligemment sur le bureau.

— Vous avez bien mauvaise opinion de moi, Miss Garland. Admettons que je ne parlais pas sérieusement... En fait, il serait plus facile de commencer les travaux si Millo était inhabitée, effectivement.

Makeda l'observa avec effroi, se sentant glacée malgré les chauds rayons de soleil illuminant la pièce par la fenêtre ouverte.

— Je vous crois aisément, railla-t-elle. Vous êtes un tel cynique ! Mais je resterai à Succoth jusqu'à ce que le manuscrit soit terminé. Tenez-vous-le pour dit !

Il l'observait d'un air amusé, ce qui mettait le comble à l'exaspération de la jeune fille.

— Je vous avais proposé les notes de mon oncle, lança-t-il. Vous intéressent-elles ?

— Elles vous appartiennent... et je répugne à les consulter.

— Même si vous risquez d'y trouver la solution de l'énigme concernant les pierres précieuses de la reine de Saba ? Vous me surprenez, ma chère. Je vous aurais crue plus dévouée à la cause de votre père...

Il se mit debout d'un bond et se dirigea vers la porte.

— Vous faites preuve d'un certain manque de bon

sens, jeta-t-il avant de disparaître. Si jamais vous changez d'avis, prévenez-moi.

Makeda resta seule. Elle s'appuya un instant au mur, le cœur battant, les yeux pleins de larmes de rage. Comment supporterait-elle de voir Millo transformée, défigurée de façon irréversible ?

Il s'écoula encore dix minutes avant que James Pettigrew ne fît enfin son apparition, le visage contrit.

— Pardonnez-moi, s'exclama-t-il avec feu. Une rencontre importune m'a retenu longtemps... Mais l'on va nous apporter du thé dans un instant.

La jeune fille accepta ses excuses de bonne grâce, et s'enquit aussitôt du sujet qui la préoccupait.

— Avez-vous reçu les notes de mon père, aujourd'hui ?

Le notaire trotta vers une armoire et en sortit une enveloppe brune.

— Oui, répondit-il avec un large sourire. Les voici ! Il y en a une très grande quantité, vous ne serez pas déçue.

Il plaça l'enveloppe sur le bureau, devant la jeune femme. Celle-ci l'examina un instant avec émotion, puis la reposa. Elle l'ouvrirait plus tard, une fois seule.

Une domestique apporta le thé sur un plateau puis se retira. Makeda et son interlocuteur se mirent à deviser tout en dégustant le breuvage brûlant, et la conversation roula sur Millo.

— Vous savez, la personne de Grant Ogilvie ne devrait pas trop vous inquiéter, dit le vieil homme au bout d'un moment. Ce jeune homme tient beaucoup de son oncle, et j'éprouve une grande estime envers lui. Il est d'ailleurs extrêmement généreux de sa part de vous laisser résider à Succoth.

— Nous ne le ferons pas attendre trop longtemps, répliqua-t-elle d'un ton neutre. Sitôt le manuscrit terminé, et remis à M. Andresson, nous partirons.

L'autre s'apprêtait à répliquer lorsque la secrétaire frappa discrètement à la porte. Son patron l'ayant invitée à entrer, elle expliqua :

— M. Grant Ogilvie aimerait vous parler, monsieur. Il était déjà ici vers trois heures, après votre déjeuner, mais a décidé de revenir plus tard en voyant que vous aviez déjà un autre rendez-vous...

Son regard indiquait Makeda.

James Pettigrew se leva en se frottant les mains.

— Il a bien fait de repasser ! Introduisez-le, je vous prie. Ma chère Makeda, vous allez enfin connaître le nouveau propriétaire de Millo.

La jeune fille s'était levée à son tour et elle balbutia en hâte :

— Nous... nous nous sommes déjà rencontrés, et nous ne nous entendons pas très bien. Je... je ferais mieux de partir tout de suite, je crois.

Une véritable panique la saisissait ; pour une raison incompréhensible, elle se refusait à revoir Grant quelques instants seulement après l'avoir quitté.

En un éclair, elle s'était emparée de son sac à main, avait gagné la porte, puis l'escalier et la rue. Grant lui-même l'avait vue passer en trombe devant lui, et ne savait même pas si elle avait remarqué sa présence.

Tout en s'étonnant — sans pouvoir y résister — de sa propre conduite, Makeda se dirigeait d'un pas vif vers l'arrêt du bus. A cet instant seulement, elle se rendit compte des conséquences catastrophiques de sa précipitation ; elle avait oublié, sur le bureau même de M. Pettigrew, les précieuses notes de son père !

Il fallut aussitôt rebrousser chemin ; la jeune Miss Garland maudissait son inadvertance. La fête nocturne du carnaval se mettait en place, et elle devait traverser une foule de plus en plus dense. Plus tard dans la soirée, l'atmosphère serait gaie, rieuse, détendue ; mais pour le moment elle n'accordait pas une seule pensée aux réjouissances.

Dieu merci, la secrétaire était encore à son bureau et elle accueillit la distraite avec un sourire amical.

— Vous avez oublié les documents de votre père sur le bureau, n'est-ce pas ? dit-elle en s'arrêtant un instant de taper à la machine. M. Pettigrew s'en est aperçu tout de suite...

— Vous les a-t-il remis, par hasard ? demanda Makeda le cœur battant.

— Non, car M. Ogilvie les a pris et s'est précipité à votre recherche.

La gorge de la jeune fille se serra.

— Je ne l'ai pas vu, balbutia-t-elle. Nous avons dû nous croiser...

— Rassurez-vous, reprit l'autre gentiment. Il m'a affirmé connaître votre adresse et vous les apporter s'il ne réussissait pas à vous rattraper.

Makeda remercia et sortit, se sentant profondément inquiète. Il fallait rentrer immédiatement à l'hôtel... Le bus prendrait trop de temps, et elle héla un taxi.

Le hall du Waldon était désert. L'adolescente s'assit sur un fauteuil, en face de la porte d'entrée, et s'apprêta à attendre avec impatience l'arrivée du propriétaire de Millo.

Les voix de sa mère et de son frère lui firent soudain tourner la tête ; ils descendaient l'escalier et Dolly Garland avait revêtu l'une de ses plus élégantes tenues.

— Nous avons rendez-vous avec M. Wetherby, vint-elle expliquer à sa fille. Son télégramme est arrivé juste après ton départ.

— Oh ! Euh... très bien, répliqua Makeda, l'esprit ailleurs. Le ramènerez-vous ici ?

— Oui, je pense. Je lui ai réservé une chambre au cas où il n'aurait rien retenu ailleurs.

Elle acheva d'enfiler ses gants et s'éloigna, suivie

de Heber qui avait salué sa sœur d'une joyeuse grimace.

Une demi-heure s'écoula avant que Grant Ogilvie fît enfin son apparition, et la jeune fille était sur des charbons ardents. Elle se leva à son approche et courut vers lui.

Sans même lui laisser le temps de parler, il avait sorti l'enveloppe brune de sa poche et la lui tendait.

— Vous étiez bien pressée, tout à l'heure, lança-t-il avec humour. Et vous avez abandonné derrière vous ces irremplaçables documents... J'ai essayé de vous retrouver, quelques secondes à peine après votre brusque départ, mais vous êtes restée invisible. Aviez-vous pris vos jambes à votre cou, tellement vous aviez peur de me revoir ?

Makeda était trop soulagée pour prêter attention à son ironie.

— La foule était très dense, répliqua-t-elle. En outre, je suis aussitôt revenue sur mes pas.

— Pendant que je vous guettais à l'arrêt du bus... En somme, nous avons effectué un véritable chassé-croisé.

— Dieu merci, vous êtes venu, remercia-t-elle avec simplicité. Je vous suis extrêmement reconnaissante. Aimeriez-vous boire quelque chose ?

— Volontiers, sourit-il, amusé de la voir serrer l'enveloppe volumineuse de toutes ses forces.

Ils se dirigèrent vers le bar et s'installèrent sur les hauts tabourets disposés devant le comptoir.

— Tout ce va-et-vient m'a donné soif, je l'avoue, confessa Grant. Je prendrai un punch au citron.

— Deux punchs au citron, Sam, demanda Makeda au serveur. Sur beaucoup de glace !

Grant Ogilvie regardait autour de lui d'un œil approbateur. La petite pièce, éclairée de lumières tamisées et agréablement décorée de gravures anciennes, était chaude et intime.

— Votre mère a bon goût, commenta-t-il. Cet hôtel est très accueillant. Y descend-elle souvent ?

— Chaque fois qu'elle séjourne à la Barbade, et ce depuis des années. Le Waldon, effectivement, est à la fois confortable et peu coûteux.

— Vous-même, cependant, préférez Millo, n'est-ce pas ? suggéra-t-il en admirant discrètement la blonde chevelure de sa compagne et ses immenses yeux en amande.

— Bien sûr, rétorqua-t-elle spontanément. Je me sens mille fois mieux à Succoth que partout ailleurs !

En fait, songea-t-elle soudain à part soi, c'était grâce à son interlocuteur si elle pouvait y résider encore quelques mois... Fixant sur lui son regard vert jade, elle murmura :

— Je tiens à vous remercier de me laisser habiter à Millo le temps de rédiger le manuscrit. C'est très gentil à vous. Je crains de ne pas vous avoir suffisamment témoigné ma gratitude...

— N'en parlons plus, répliqua-t-il avec un léger rire. N'importe qui en aurait fait autant dans les mêmes circonstances.

Le serveur posa devant eux deux hauts verres emplis de glaçons et givrés de sucre sur les bords.

— Nous attendons M. Wetherby d'un instant à l'autre, reprit la jeune fille en dégustant son punch. Ma mère est allée à sa rencontre.

— Dans ce cas, répondit-il, je l'attendrai avec vous, si cela ne vous dérange pas. Etant donné que je lui serai de toute façon présenté un jour ou l'autre...

Makeda dissimula sa contrariété ; elle aurait préféré être seule pour accueillir l'archéologue.

— Je doute qu'il connaisse vraiment à fond les travaux de mon père, suggéra-t-elle. Il est encore très jeune...

Elle s'interrompit et rougit légèrement ; sa mère venait d'entrer dans le bar, suivie du nouveau venu.

Dieu merci, le bruit des conversations avait dû couvrir les dernières paroles de sa fille.

Dolly Garland présenta Simon Wetherby avec emphase.

— Simon est un collègue de feu mon mari, minauda-t-elle à l'égard de Grant. Me ferez-vous l'honneur de dîner avec nous, monsieur Ogilvie ? Nous en serions enchantés.

Makeda observait avec attention le visiteur. Sa chevelure blonde, un peu désordonnée, lui donnait un air juvénile et son visage bronzé était parsemé de taches de rousseur. Ses yeux bleus et perçants étaient fixés sur la jeune Garland avec un intérêt non dissimulé.

— Je suis très heureux de vous retrouver, avait-il affirmé en souriant. Votre père m'a tellement parlé de vous depuis notre dernière rencontre !

Son interlocutrice répondit machinalement à son sourire, consciente du regard de Grant orienté dans leur direction. Les deux hommes s'étaient serré la main courtoisement mais froidement ; ils s'avéraient aussi dissemblables que possible et l'on pouvait se demander à juste titre s'ils parviendraient à s'entendre.

Durant le dîner, pris dans la salle à manger de l'hôtel, l'archéologue se révéla être un hôte disert et rempli d'humour. Son charme plein d'aisance contrastait, chaque fois que la conversation dérivait sur Millo, avec les manières brusques et souvent hautaines de Grant Ogilvie.

— Je meurs d'impatience de connaître l'île, déclara Simon. Le professeur Garland m'en a souvent fait une description enthousiaste... les anciennes civilisations des Antilles me passionnent. Elles sont encore très mal connues et j'aimerais beaucoup diriger mes recherches ultérieures là-dessus. La peuplade des Arawaks, par exemple, était très habile dans la fonte des métaux précieux...

— Vous ne trouverez pas grand-chose sur Millo, coupa sèchement Grant. Les habitants d'origine y étaient des Indiens caraïbes, c'est-à-dire des nomades, et il ne reste quasiment aucune trace matérielle de leur culture. Tout au plus existe-t-il certaines légendes...

Il jeta un coup d'œil oblique vers Makeda, et compléta :

— ... auxquelles certains s'intéressent beaucoup.

— Tout cela semble fort passionnant ! s'écria l'autre avec enthousiasme. Pour en revenir au présent, vous avez l'intention de construire sur cette île, n'est-ce pas ?

— A plus ou moins longue échéance, oui, effectivement, répondit l'intéressé d'un ton neutre.

Simon Wetherby savoura avec délice une cuillerée du dessert placé devant lui — une salade de fruits exotiques couronnée de crème chantilly — et reprit :

— J'ai très bien connu votre oncle. Nous avons passé un an à étudier les mines antiques situées en Arabie Saoudite et il professait à ce sujet des théories passionnantes. Il a d'ailleurs rédigé un nombre considérable de notes...

Il fixait sur le neveu du professeur Hunt un regard interrogateur, désirant visiblement solliciter l'autorisation de consulter les notes en question. Mais Grant se montra fort peu coopératif.

— Oui, il m'a laissé une pile de documents, répliqua-t-il avec une feinte indifférence. Je n'ai pas encore eu le temps de les trier.

Dolly interrompit leur dialogue en se lamentant sur le départ imminent du navire marchand qui rejoignait Millo.

— Normalement, nous devrions le prendre demain après-midi, gémit-elle, et cela nous oblige à manquer la dernière journée du carnaval, qui est toujours la plus spectaculaire. N'est-ce pas dommage pour M. Wetherby ? Il n'est jamais venu à la Barbade et ne connaît absolument pas ce genre de festival. Le couronnement en est pourtant splendide ! On brûle en effigie un bandit qui sévissait dans l'île il y a deux siècles, « M. Harding ». Cela donne lieu à un immense feu de joie, accompagné d'une musique très gaie...

Grant s'éclaircit la gorge ; il avait fort bien compris la manœuvre de Mme Garland.

— Je reprends la mer dimanche avec l'Albatros, signala-t-il non sans une certaine impatience. Je pourrai vous poser à Succoth au passage.

Makeda maudit intérieurement sa mère. Elle faisait preuve d'un tel manque de tact !

— Ce serait tout simplement merveilleux, minaudait Dolly. Mais avez-vous vraiment assez de place pour nous tous ?

— Pour une seule journée, oui.

— J'ai beaucoup de bagages, bien sûr. Cependant, Abi ne sera pas là...

— Nous pourrions très bien rentrer demain, coupa brutalement Makeda. M. Ogilvie est peut-être très occupé et nous l'obligeons à faire un détour.

— Grant se rend à Grenade, coupa Heber. Le détour n'est donc pas énorme. N'est-ce pas, Grant ?

Sa sœur dissimula un soupir tandis que le propriétaire de l'Albatros hochait la tête avec un sourire ironique. Il se rendait compte des réticences de la jeune fille et s'en amusait visiblement.

Le petit groupe passa au salon pour boire le café. Abi, qui devait prendre l'avion de New York très tôt le lendemain matin, s'excusa et monta se coucher. Makeda se retrouva assise sur un immense canapé à côté de Simon Wetherby, et celui-ci entreprit aussitôt de bavarder avec elle.

— Je compte sur vous pour me faire visiter Bridgetown, demain, murmura-t-il.

L'adolescente hésita.

— Heber connaît la ville infiniment mieux que

moi, vous savez. En outre, je tiens à commencer mon travail le plus vite possible.

— Tu es incorrigible, Makeda ! intervint sa mère. Ne songes-tu donc jamais à te distraire ? En outre, peut-être ne trouveras-tu rien d'intéressant dans les notes de ton père...

Simon sursauta légèrement et se mit à protester :

— Détrompez-vous, madame Garland. Ces documents, au contraire, contiennent probablement des trouvailles extraordinaires. Je ne les ai jamais consultés, mais le professeur y veillait avec un soin jaloux tout à fait significatif.

Grant Ogilvie, assis un peu plus loin, reposa sa tasse de café après l'avoir terminée et annonça qu'il devait partir. Après avoir souhaité le bonsoir à Dolly — en acceptant de bonne grâce les remerciements de cette dernière pour le voyage à bord de la goélette — il s'approcha de Makeda et lui tendit la main avec un regard énigmatique.

— A bientôt, ma chère, murmura-t-il. Si vous décidez de jouer les touristes avec M. Wetherby demain, je vous recommande la vieille ville. On y trouve des quartiers charmants.

La jeune fille rougit et répondit maladroitement à ses salutations. Pourquoi sentait-elle toujours chez lui une sorte d'étrange moquerie ambiguë ? En outre, elle ne passerait certainement pas toute la journée du lendemain à se promener avec l'archéologue !

Elle se trompait. Sa mère et Jacinthe, dès l'aube, étaient parties accompagner Abi à l'aéroport, et Heber avait promis d'aider Grant à préparer l'Albatros. Makeda fut donc obligée de servir de guide à Simon. Celui-ci, cependant, se révéla un compagnon très agréable. La moindre chose l'enthousiasmait ; le tour du port en calèche, permettant de voir les nombreux voiliers rassemblés de tous les coins du monde ; la visite de la garnison, le magnifique point de vue de la colline du « Rendez-vous »... Ils déjeunèrent sur la côte sud dans un excellent restaurant des bords de mer, puis décidèrent que l'après-midi s'avérait décidément trop chaud pour poursuivre l'exploration.

— Allons simplement sur la plage, suggéra le jeune homme. Je me sens tout juste la force de m'allonger sur le sable !

Makeda réfléchit un instant ; la baie la plus agréable pour se baigner était située à l'ouest. Mais c'était là que Grant l'avait emmenée deux jours plus tôt et elle répugnait étrangement à retourner au même endroit avec Simon Wetherby. Elle opta pour une autre plage.

— Nous pouvons nous rendre à Sandy Lane, répliqua-t-elle. Le cadre est magnifique.

— Tout ce que vous voudrez, ma chère Makeda, murmura-t-il en la considérant d'un air langoureux. Je vous suivrais au bout du monde... Savez-vous que j'ai l'impression de vous connaître depuis des siècles ?

— Vous êtes ici depuis vingt-quatre heures seulement, rappela-t-elle un peu froidement. Et j'étais fort jeune lors de notre première rencontre.

— Quelle importance ? L'amitié — et l'amour — peuvent naître en fort peu de temps...

Il avait fait un geste pour saisir la main de sa compagne, mais elle avait discrètement retiré la sienne.

— Pardonnez-moi si je me montre un peu démonstratif, poursuivit-il non sans humour. Mais je n'ai jamais rencontré une femme telle que vous. Belle, intelligente...

— Et sensible, compléta-t-elle en éclatant de rire. Vous êtes aussi original qu'un amoureux transi de roman-photo !

Simon ne put s'empêcher de rire à son tour. Ils sortirent du restaurant et un bus les emmena en quelques minutes à Sandy Lane.

Le sable d'un blanc d'ivoire, extrêmement doux, était particulièrement accueillant et ils s'y allongèrent avec délice.

— Parlez-moi de Millo, demanda soudain l'archéologue, les yeux fermés sous la caresse du soleil.

— Je... je ne préfère pas, s'excusa-t-elle. Vous jugerez par vous-même.

— Entendu, répondit-il, bon prince. Si j'ai tellement hâte de découvrir ce petit paradis, c'est parce que votre père y a rédigé ses meilleurs ouvrages. Sur un chantier de fouilles, il est difficile de se concentrer ; il avait la chance de posséder une paisible retraite...

— C'est vrai, mais il était très perfectionniste et travaillait donc avec lenteur, presque avec minutie. Voilà d'ailleurs pourquoi il n'a jamais eu le temps d'achever son dernier livre avant de repartir...

La conversation roula pendant un long moment sur l'archéologie. Il était agréable de parler avec Simon ; il avait fort bien compris le professeur Garland et le professeur Hunt et savait exposer clairement leurs théories. Il était soucieux de faire revivre le passé et non pas de l'effacer derrière les ambitieuses réalisations du présent, comme aurait agi Grant...

Makeda sourit à son compagnon. Il paraissait simple et ouvert, mais représentait malgré tout lui aussi une certaine énigme... Ne s'efforçait-il pas de pénétrer brusquement dans la vie de la jeune fille, peu soucieux des remous que pouvait entraîner son irruption ? Elle refusait d'y réfléchir pour le moment et proposa gaiement un bain dans les eaux tièdes de la baie. Les deux jeunes gens nageaient à la perfection et ils rivalisèrent d'adresse en riant aux éclats.

— Vous ressemblez à une sirène, s'écria Simon lorsqu'ils retournèrent s'asseoir sur la plage, tout en la couvant d'un regard admiratif. Avec vos longs cheveux d'or pâle, vos yeux semblables aux profondeurs marines...

L'intéressée ressentit un soudain pincement au cœur. Qui donc l'avait également comparée à une sirène, peu de temps auparavant? Grant! Grant Ogilvie, se présentant encore une fois à son esprit...

— Nous devrions rentrer, annonça-t-elle soudain en se mettant debout. Il n'est pas prudent de rester allongé trop longtemps au soleil.

Son compagnon se leva à son tour, légèrement surpris de la froideur subite de l'adolescente. Il s'approcha d'elle et posa doucement sa main sur son bras cuivré.

— Que se passe-t-il? questionna-t-il d'une voix inquiète. Vous ai-je contrariée?

— Non... non, balbutia-t-elle, incapable de se comprendre elle-même.

Simon se pencha tout d'un coup et s'apprêta à poser ses lèvres sur celles de la jeune fille; mais au dernier moment, elle tourna la tête d'un geste vif et rougit violemment.

— Je ne voudrais pas que nous partions sur des bases fausses, s'écria-t-elle avec franchise. J'accepte vos compliments...

— Ils sont tout à fait sincères! coupa-t-il les yeux brillants. Je ne me moque pas de vous, je vous l'assure. J'éprouve réellement des sentiments qui...

Elle l'arrêta d'un regard et reprit sa phrase inachevée:

— ... Mais je... je n'aime pas me laisser embrasser par le premier venu, aussi sympathique et séduisant soit-il...

— Je ne suis pas exactement « le premier venu », corrigea-t-il, légèrement blessé. Non seulement nous nous connaissions déjà, mais votre père m'a tellement parlé de vous depuis quatre ans que j'ai l'impression de tout savoir à votre sujet. Et de vous aimer depuis longtemps...

Il s'arrêta un instant, profondément ému, et ajouta d'une voix rauque:

— D'une certaine manière, le professeur Grant me considérait comme son fils.

— Pardonnez-moi, murmura Makeda, gagnée elle aussi par l'émotion. Je n'avais pas l'intention de vous froisser.

Elle lui sourit avec gentillesse et ils reprirent pensivement le chemin de St James.

Après une douche rafraîchissante et une ou deux heures de repos, ils décidèrent de se rendre au restaurant pour le dîner. Jacinthe les accompagnait ; Dolly, saisie de migraine, avait préféré se mettre au lit et Heber n'avait toujours pas reparu. Makeda s'amusait beaucoup de l'attitude de sa jeune cousine envers Simon. Cette dernière, d'ordinaire silencieuse et timide, se montrait à présent spontanée et bavarde. Elle écoutait l'archéologue les yeux brillants, riait à la moindre de ses plaisanteries...

Tous les restaurants des environs étaient complets et le petit groupe dut chercher un bon moment avant de trouver enfin une table. Le dîner venait d'être servi lorsque Makeda eut soudain l'impression qu'on les observait. Elle tourna brusquement la tête et ses yeux croisèrent le regard critique de Grant Ogilvie.

Il était installé à l'autre bout de la pièce ; en face de lui, l'une des plus jolies femmes que la jeune Garland ait jamais vue dégustait un verre de champagne.

Grant esquissa un petit sourire froid à l'égard des trois convives, puis il se replongea dans sa discussion avec sa compagne.

— Quelle femme ravissante ! murmura Jacinthe, les yeux rêveurs. Encore plus blonde que toi, Makeda. Et beaucoup plus pâle...

— Elle a l'air glaciale et hautaine, intervint Simon. J'apprécie assez peu ce genre de créature angélique et inaccessible.

— M. Ogilvie ne partage certainement pas votre avis, souligna Jacinthe. Ils ne se quittent pas des yeux !

La fille du professeur Garland garda le silence tout au long du repas. Elle n'arrivait pas à prêter attention à son assiette et encore moins au spectacle musical qui se déroulait sur la petite scène derrière les tables ; son esprit était entièrement préoccupé par le couple assis un peu plus loin. Grant et son invitée semblaient faire partie d'un monde à part. Ils parlaient sans relâche, à voix basse, sans jeter un seul regard autour d'eux...

Un peu après minuit, Simon et les deux jeunes filles reprirent le chemin du retour. Le jeune homme était légèrement troublé par le silence prolongé de Makeda ; mais il ne se permettait aucune remarque et continuait à bavarder gaiement. La jeune fille elle-même fendait machinalement la foule dense et animée. Les couleurs, les sons, les gestes semblaient se mêler, se fondre, se modifier sans cesse devant ses yeux comme les éclats de verre bigarrés d'un énorme kaléidoscope. Il en serait de même de Millo, songeat-elle. Bientôt, de nouveaux éléments allaient transformer le visage paisible de l'île ; l'arrivée de Dolly, de Simon, des constructeurs et, par-dessus tout, de la très belle inconnue aperçue en compagnie de Grant...

Le voyage de retour sur l'Albatros risquait d'être beaucoup moins agréable que prévu.

4

Le lendemain matin, le petit déjeuner fut pris plus tôt que d'habitude et le reste de la matinée fut consacré aux préparatifs du départ. Heber avait vu Grant la veille mais ne mentionnait aucun passager supplémentaire. La « Dame aux camélias », comme l'avait surnommée Simon, ne semblait pas devoir faire partie du voyage.

Effectivement, elle n'était pas à bord lorsque Dolly Garland et sa petite cohorte se présentèrent. Le « capitaine » Ogilvie les accueillit avec amabilité. Makeda était la dernière à monter la passerelle ; elle trébucha et serait tombée à l'eau sans le secours d'une poigne solide.

— Attention, petite fille, plaisanta-t-il. Vous paraissez bien nerveuse...

Elle s'était éraflé la jambe assez sérieusement et il prit soudain l'air inquiet.

— Vous êtes blessée ? Laissez-moi voir cela.

— Non, ce n'est rien, répondit-elle, passant dignement devant lui malgré son boitillement.

Grant sourit sans insister et se dirigea vers la cabine de pilotage. Quelques instants plus tard, ils mettaient le cap vers le large, sous un soleil splendide qui faisait miroiter les eaux turquoise de la baie.

Mme Garland s'était réfugiée sur un transatlantique en manifestant le désir de « profiter du paysage ».

Mais lorsque Makeda s'approcha d'elle, après avoir posé un pansement sur l'égratignure de sa jambe, elle s'était endormie. La jeune fille s'en fut rejoindre les autres un peu plus loin et s'assit en tailleur sur le pont.

Une heure s'écoula lentement, dans un silence paresseux seulement troublé par le cri strident des mouettes et le léger clapotis des vagues autour de la goélette. Grant Ogilvie apparut et rejoignit l'adolescente de son pas élastique, les mains négligemment glissées dans ses poches.

— Vous serez chez vous vers six heures, annonça-t-il. Juste avant la tombée de la nuit.

Makeda frissonna intérieurement : l'expression « chez vous » l'avait frappée en plein cœur. Cependant, elle n'en montra rien et répliqua avec calme :

— Poursuivrez-vous vous-même votre chemin jusqu'à Grenade ?

— Je n'y suis pas attendu avant demain, en fait, répliqua-t-il avec une moue pensive. Je pourrais fort bien jeter l'ancre pour un soir dans la « baie des Français »...

Ses paroles contenaient une légère provocation, mais son interlocutrice ne se sentait pas d'humeur à contre-attaquer.

— M. Wetherby compte-t-il rester longtemps à Millo ? reprit-il.

— Je ne sais pas exactement. Tout dépendra du manuscrit.

— Avez-vous vraiment l'intention d'accepter son aide ? Je vous ai pourtant entendue prétendre, il y a peu, ne souhaiter partager avec personne les trouvailles de votre père... Simon a-t-il réussi à vous convaincre de changer d'avis ?

— Pourquoi pas ? rétorqua-t-elle non sans agacement. C'est un spécialiste, et je le crois sincèrement désintéressé.

— Vous me semblez bien rapide à vous former un

jugement, ma chère. Je suis moi-même infiniment plus méfiant.

— En l'occurrence, vous avez tort... M. Wetherby est très sympathique, et je ne suis pas la seule à le dire.

Les yeux gris de son interlocuteur se firent imperceptiblement ironiques.

— Oui, votre mère et votre frère tombent d'accord avec vous... Je préfère tout de même attendre un peu avant d'émettre une opinion définitive.

— Cette prudence est tout à votre honneur, railla-t-elle. Ne craignez-vous pas d'être un peu inhumain dans vos rapports avec les gens, cependant ?

Le sourire de l'autre s'effaça.

— Peut-être. Mais l'expérience m'a enseigné à me défier des individus trop ouvertement charmants... J'ai commis une grave erreur de jugement, autrefois, et elle m'a coûté très cher. Je ne souhaite pas recommencer ! Au fait, vous êtes-vous vraiment amusée au restaurant, hier soir ? Vous paraissiez songeuse et presque mélancolique.

— Nous avions cherché longtemps avant de trouver une table disponible, expliqua-t-elle en rougissant, et je... je me sentais fatiguée.

— Mm... je vois, grommela-t-il d'un ton sceptique.

Il consulta sa montre et ajouta :

— Pourriez-vous préparer le déjeuner, si cela ne vous ennuie pas ? Au cas où il n'y aurait pas assez de nourriture, n'hésitez pas à puiser dans la réserve.

— Je ne voudrais pas entamer vos provisions, objecta-t-elle. Vous en aurez besoin...

— Pour aller à Grenade ? Non, pas vraiment. En outre, je serai très vite de retour à Millo...

Il la regarda bien en face et poursuivit :

— Il est temps que je fasse plus ample connaissance avec mon nouveau domaine, n'est-ce pas ?

Makeda ne répliqua rien et s'éloigna. N'allait-il pas ramener avec lui de Grenade la « Dame aux camélias » ? se répétait-elle avec anxiété.

La goélette atteignit la « baie des Français » au soleil couchant. De longues traînées d'or et de vermillon baignaient l'île d'une sorte de gloire poudreuse, presque irréelle, et Dolly Garland elle-même — éveillée depuis peu — s'exclama devant la beauté du crépuscule.

— Nous ferez-vous l'amabilité de dîner avec nous, monsieur Ogilvie ? interrogea-t-elle. Nous vous sommes tellement reconnaissants de nous avoir raccompagnés...

Il hésita un instant, puis s'inclina avec galanterie :

— J'accepte volontiers, madame Garland. La cuisine de votre gouvernante, paraît-il, est délicieuse.

Mammy les attendait sur le seuil de Succoth, souriant largement tout en s'essuyant les mains à son tablier.

— Bienvenue à tous ! s'écria-t-elle. Vous nous avez manqués...

Elle observait avec curiosité Grant et Simon, et la mère de Makeda les lui présenta.

— M. Ogilvie dînera ce soir avec nous, poursuivit-elle. Quant à M. Wetherby, il sera notre hôte pendant quelque temps.

Le repas fut servi sur la véranda, à la lueur romantique des bougies fichées dans de vieux chandeliers de cuivre. Puis Makeda se leva pour aller chercher le café à la cuisine.

— Je suis un peu ennuyée, Miss Makeda, confia Mammy en lui remettant le plateau. Ces deux jeunes hommes sur l'île... Ils risquent de nous amener des ennuis, je le sens !

L'adolescente ne put s'empêcher de rire et rassura la vieille femme en se moquant gentiment d'elle.

— Vos prédictions sont toujours trop alarmistes,

Mammy. Ne vous inquiétez pas ! Votre café a l'air délicieux…

Elle retourna sur la véranda, emplit les tasses et les présenta aux invités. Simon lui sourit tendrement en prenant la sienne.

— Le clair de lune est magnifique, n'est-ce pas ? J'aimerais beaucoup faire une promenade avec vous…

La jeune fille se laissa tenter. Elle ne refusait jamais de visiter son île chérie au moment où elle était la plus émouvante, envahie d'ombres nocturnes…

Le jeune homme glissa son bras sous le sien et ils dévalèrent le sentier jusqu'à la plage.

— Cet endroit est encore plus beau que je ne l'imaginais, avoua-t-il. Votre père avait beaucoup de chance de vivre ici.

— Ne parlons pas de lui, je vous en supplie, chuchota-t-elle. Je n'arrive pas encore à me convaincre qu'il ne reviendra jamais.

— Pardonnez-moi…

Ils restèrent silencieux quelques instants. Makeda s'était déchaussée, et, ses sandales à la main, marchait rêveusement au bord de l'eau, savourant la fraîche sensation des friselis d'écume.

— Allons-nous commencer le travail dès demain ? interrogea-t-il. Nous n'en avons pas encore discuté…

— Je… je ne sais pas si j'ai réellement besoin de votre aide, confessa-t-elle tout d'un coup. Le dépouillement de ces notes risque de vous paraître assez fastidieux.

Contrairement à ce qu'elle avait affirmé à Grant, elle répugnait maintenant à partager sa tâche avec l'archéologue.

Celui-ci jugea bon de ne pas insister pour le moment.

— Où irez-vous, une fois le livre terminé ? s'enquit-il.

— Je l'ignore. Je préfère ne pas y penser pour l'instant.

— Pourquoi ne pas demander à Ogilvie le renouvellement de votre bail ?

— Ma mère l'avait déjà refusé une fois. Bien sûr, elle est heureuse à présent que le professeur Hunt m'ait demandé de rester un peu plus longtemps, car elle ne sait pas très bien où se rendre... De toute façon, ajouta-t-elle avec feu, je refuse de solliciter la moindre chose auprès du nouveau propriétaire de Millo. Il le prendrait certainement très mal.

— Qu'a-t-il l'intention de construire ici, exactement ?

— Des hôtels, je suppose. Il ne m'a jamais donné de précisions.

— Cette idée vous déplaît profondément, n'est-ce pas ? fit-il avec gentillesse. Je comprends cela... Ecoutez, si vous souhaitez rester un peu plus longtemps à Succoth, nous pourrions nous arranger pour faire traîner la rédaction du manuscrit en longueur, vous ne croyez pas ?

Makeda se souvint de la menace de Grant. Lui aussi voulait publier un livre sur les travaux de son oncle...

— Non, répliqua-t-elle. L'ouvrage de mon père doit sortir le plus vite possible.

Le jeune homme passa un bras autour de ses épaules.

— Dans ce cas, pourquoi ne pas me permettre de vous aider ? supplia-t-il. Cela serait...

Il s'interrompit, les sens soudain en alerte ; une haute silhouette se détachait de sous les palmiers et s'avançait vers eux.

— Je repars pour Grenade demain matin, annonça Grant Ogilvie en fixant sur le couple un œil inquisiteur. Aimeriez-vous entreprendre le trajet avec moi, monsieur Wetherby ?

— Je vous remercie, mais je préfère demeurer à

Millo, rétorqua froidement l'autre. J'ai l'intention de soutenir Makeda dans son travail.

— Dans ce cas, je vous laisse... Bonsoir, Makeda.

— Bonsoir, et merci pour le voyage, balbutia-t-elle maladroitement.

Elle se sentait ridicule et mal à l'aise et comprit soudain pourquoi ; pour regagner son navire, Grant avait pris un chemin beaucoup plus long que le chemin normal. Les guettait-il depuis un moment, du haut de la colline ? Pourquoi s'était-il donné là peine de faire un détour ?

— Je me méfie de cet homme, dit soudain Simon entre ses dents. La fortune semble l'avoir rendu hautain et méprisant... Son oncle, du moins, avait réussi à rester extrêmement modeste.

— Il ne s'occupait pas de son domaine, expliqua-t-elle. Tous les soucis financiers et administratifs incombaient à son neveu... Cela doit certainement compliquer les choses, et assombrir la vision de l'existence.

— Vous croyez ? En tout cas, j'apprécie fort peu cet esprit froid et calculateur des entrepreneurs.

Ils reprirent silencieusement le chemin de Succoth. Il faisait nuit noire à présent, et Mammy avait posé sur la table de la véranda une petite lampe à gaz qui les guidait comme un fanal.

Simon Wetherby était songeur. Il était venu spécialement de Londres pour revoir la fille de John Garland et il n'avait pas l'intention de laisser quiconque séduire celle-ci, Grant Ogilvie moins que tout autre.

5

Le lendemain matin, à son réveil, Makeda jeta machinalement un coup d'œil par la fenêtre ; l'Albatros avait disparu et la baie paraissait étrangement vide. Un léger vent courbait les silhouettes dentelées des palmiers et la jeune fille ressentit soudain l'envie d'un petit tour en mer. Elle sortirait son propre voilier — un modeste dériveur — pour contourner le promontoire jusqu'à « Green Turtle ».

Les enfants de Ben et Mammy l'aidèrent à descendre son bateau jusqu'à la plage en poussant des cris joyeux et excités, puis la regardèrent dresser la voile et virer de bord. Makeda poussa un soupir d'aise ; les manœuvres et la brise vivifiante lui éclaircissaient merveilleusement les idées. Elle avait enfin retrouvé Millo… Elle serait en retard pour le petit déjeuner, mais cela n'avait aucune importance ; la gouvernante laissait toujours un bol de fruits et du lait sur la table pour les retardataires. La gorge de l'adolescente se serra à l'évocation de la famille de Ben. Que deviendraient-ils après leur départ ? Il faudrait espérer que Grant Ogilvie leur trouverait un emploi sur Millo… ils seraient incapables de vivre nulle part ailleurs.

La minuscule embarcation s'approcha de la baie de « Green Turtle » en évitant habilement les écueils formés par la barrière de corail. Le lagon était parfaitement calme, et scintillait comme un miroir sous la lumière ambrée du soleil levant. Makeda leva la tête pour contempler Chrichton. C'était là, près des acajous, qu'elle avait vu pour la première fois l'homme s'apprêtant à modifier totalement le destin de l'île... Le souvenir de cette rencontre se présenta avec netteté à son esprit. Elle se remémorait la silhouette altière de Grant, sa chemise rouge tranchant sur le feuillage, l'éclat singulier de ses yeux gris...

Impulsivement, elle saisit la barre et fit demi-tour. Le vent la poussa sans encombre jusqu'à la plage « des Français » et elle tira son bateau au sec sur le sable.

Simon était en train de nager. Il sortit de l'eau et s'approcha d'elle en souriant, repoussant sur son front une mèche de cheveux blonds.

— Je vous croyais au travail dans votre bureau, plaisanta-t-il. Au lieu de cela, vous étiez partie vous promener !

— J'avais besoin de réfléchir un peu, expliqua-t-elle en répondant à son sourire. Mais je vais m'atteler à la tâche sitôt mon café avalé.

Le jeune homme avait ramassé sa serviette et s'essuyait vigoureusement.

— Avez-vous contourné l'île ? interrogea-t-il.

— Pas complètement... j'ai seulement dérivé jusqu'à la baie de « Green Turtle », de l'autre côté.

Il fronça les sourcils.

— « Green Turtle » ? N'est-ce pas un endroit hanté ? Il me semble avoir entendu Jacinthe en parler...

— N'exagérons rien, répliqua-t-elle en riant. Cette légende concerne simplement les ruines du manoir de la famille Chrichton. Personne ne la prend au sérieux d'ailleurs, si ce n'est Mammy.

Elle jeta un regard circulaire sur la plage et ajouta :

— Heber n'est pas avec vous ?

— Non. Il est parti à la pêche, je crois. Venez-vous nager un peu en ma compagnie ?

La jeune fille secoua la tête.

— Non, Simon. Je dois sérieusement songer à rentrer...

— Dans ce cas, je demanderai à Jacinthe de me rejoindre. Nous avons déjà traversé la baie ensemble ce matin, mais elle semble y prendre un tel plaisir qu'elle n'objectera certainement rien. Votre cousine est une nageuse accomplie ! J'ai été profondément impressionné.

Makeda lui sourit et s'éloigna.

Mammy était occupée à jardiner devant la maison, et elle arrêta la jeune fille au passage.

— Vous ne devriez pas sortir sans avoir déjeuné, Miss Makeda, reprocha-t-elle. Où donc étiez-vous passée ?

— J'ai sorti le voilier jusqu'à « Green Turtle », expliqua l'autre. Mais je vais manger un morceau immédiatement, ne vous inquiétez pas ! Je meurs de faim.

La vieille femme hocha la tête avec réprobation.

— Il n'est pas prudent de s'approcher des ruines, reprit-elle d'un ton sentencieux. Cette vieille bâtisse est hantée, aussi vrai que je vous vois ! J'ai encore aperçu le fantôme de Samuel Chrichton, la veille même de votre départ pour Bridgetown. Il portait une chemise rouge, avec les manches relevées...

Son interlocutrice éclata de rire.

— Cet homme n'avait rien d'un spectre, Mammy, et rien à voir avec le vieux Samuel, corrigea-t-elle gentiment. Il s'agissait tout simplement de M. Ogilvie.

La gouvernante se dérida légèrement, mais ses yeux restaient inquiets.

— Tout de même, Miss Makeda, ce monsieur ressemble bien fort au fantôme, et il pourrait bien être un tyran lui aussi. N'est-il pas venu à Millo pour nous en chasser, après tout ?

L'adolescente posa un bras rassurant sur les épaules de l'indigène.

— Nous trouverons une solution, murmura-t-elle. Ne vous faites pas trop de souci.

Elle se servit un café brûlant et alla s'asseoir sur la véranda. Dolly Garland s'y trouvait déjà, vêtue d'un vaste peignoir de soie rose et nonchalamment allongée sur une chaise-longue.

— J'ai entendu Mammy se plaindre, dit-elle d'un air absent. Que lui arrive-t-il ?

— Elle est inquiète pour l'avenir de l'île et n'a pas envie de la quitter, expliqua sa fille.

— Vraiment ? Il lui faudra pourtant bien s'y résoudre…

— Où vous installerez-vous vous-même, Mère ? A Londres, ou à la Barbade ?

— Je l'ignore encore, répliqua l'autre avec indifférence. Peut-être en Angleterre, après réflexion… Toi et Jacinthe pourrez venir avec moi, d'ailleurs. Le pays finira par te plaire, j'en suis certaine.

— J'en doute, rétorqua Makeda un peu sèchement. Et je doute que Jacinthe réussisse à s'y adapter.

— De toute façon, ta cousine est trop jeune pour prendre seule les décisions, souligna Mme Garland d'un ton péremptoire. En outre, elle devra bien songer un jour à trouver un travail… Tout comme toi, en fait. Y as-tu réfléchi ?

La jeune fille but une gorgée de café et murmura d'une voix morne :

— Je chercherai un emploi de secrétariat, je pense. Ce doit être l'unique possibilité.

— Pourquoi ne te marierais-tu pas ? Avec Grant Ogilvie, par exemple. Cela te permettrait de demeurer à Millo en permanence. Et puis, c'est un homme charmant…

— Je ne suis pas de cet avis. Nous pourrions passer un siècle au même endroit avant de réussir à nous entendre !

Dolly écarquilla les yeux, avec une expression soudain soupçonneuse.

— Tu le détestes, n'est-ce pas ? Cela m'étonne, je l'avoue. Je n'ai jamais eu personnellement à me plaindre de lui, et il m'a même promis de veiller sur toi si je devais partir avant la fin de ton travail.

— Comment avez-vous osé lui demander un semblable service ? explosa Makeda, outrée. Je n'ai pas l'intention de dépendre de lui en quoi que ce soit !

— Mais tu en dépends déjà, ma chère enfant, comme nous tous, souligna sa mère avec bon sens. Alors, un peu plus ou un peu moins...

Sa fille garda un silence amer. Oui, leur sort était entre les mains du propriétaire de l'île... l'argument était imparable.

Les jours suivants, elle s'enferma dans son bureau et travailla d'arrache-pied, laissant à Heber et Jacinthe le soin de distraire leur hôte. Sa cousine, d'ailleurs, paraissait préoccupée et particulièrement songeuse ; mais elle avait toujours été fort réservée et nul ne pensait à l'interroger.

— Chrichton est de plus en plus envahi par la végétation, annonça Heber un matin au petit déjeuner. Il faudrait commencer à déblayer les alentours... Lorsque Grant reviendra, je lui proposerai mes services.

— Pourquoi voudrait-il nettoyer ces ruines ? objecta Makeda.

— Mais, pour y construire par la suite, expliqua-t-il. D'ailleurs, l'état de Succoth l'inquiète aussi. Notre vieille demeure se délabre de plus en plus... Je vais me mettre à réparer le porche cet après-midi même. Voulez-vous m'aider, Simon ?

L'intéressé hésita et jeta un coup d'œil de biais vers la jeune Garland.

— J'ai rédigé quelques notes sur la thèse de votre père, hier soir, fit-il à son adresse. J'aurais aimé vous les montrer.

Elle lui lança un regard agacé, puis céda. Après tout, il faisait preuve d'une telle bonne volonté...

— Bien sûr ! répondit-elle. Je serais enchantée de les voir.

— Tant pis pour moi ! grimaça Heber en riant. Je « bricolerai » donc seul !

Sa sœur, suivie du jeune Wetherby, se dirigea vers son bureau, remarquant machinalement que Jacinthe avait à nouveau disparu. Les promenades solitaires de cette dernière devenaient décidément de plus en plus fréquentes et de plus en plus longues...

La vaste table de bois ciré, dans le bureau, disparaissait littéralement sous les documents et les papiers.

— Pardonnez-moi le désordre, s'excusa Makeda. Mon père ne numérotait jamais ses pages et je suis en train d'accomplir un véritable travail de reconstitution !

Avec un léger pincement au cœur, elle observa son interlocuteur se pencher sur les précieuses notes de John Garland. Pourquoi se montrait-elle aussi méfiante ? se gourmanda-t-elle. Après tout, Simon était simplement désireux de lui apporter d'utiles éclaircissements...

Le reste de la matinée s'écoula dans une atmosphère studieuse. Ils relurent ensemble la première partie du manuscrit, effectuant ici et là quelques mises au point ou réarrangeant certains passages. Les stores étaient baissés, mais malgré la pénombre il faisait une chaleur étouffante. Au bout de trois heures, l'archéologue se passa une main sur le front et soupira :

— Je n'en peux plus... je ne suis pas habitué à de telles températures. Si nous allions nager un peu pour nous rafraîchir ?

— Invitez plutôt Jacinthe, répondit-elle. Je vais travailler encore un peu, puis j'irai me promener.

— Par cette chaleur ? Ce n'est pas très prudent...

— J'y suis accoutumée, vous savez, répliqua-t-elle en souriant. En outre, j'ai envie de me dégourdir les jambes.

— Justement ! Pourquoi ne pas prendre un bain ? L'eau doit être idéale...

— Non, insista Makeda. Je n'y tiens pas pour le moment, je vous assure.

L'air boudeur, Simon s'éclipsa et elle prit elle-même le chemin de « Green Turtle ». En fait, elle ressentait le besoin d'être seule. Le travail de la matinée lui avait rappelé son père et elle devait chasser l'émotion qui l'envahissait.

En arrivant au sommet de la colline, la promeneuse retint une exclamation ; sur les eaux bleues du lagon, l'Albatros se balançait langoureusement, toutes voiles descendues. Grant était donc revenu de Grenade, mais il ne s'était pas montré à Succoth. Fallait-il y voir une preuve de tact, de discrétion ? Elle observa attentivement la goélette ; le pont était désert. Aucun bruit ne troublait le paisible spectacle de la baie. Les cocotiers et les palmiers projetaient sur le sable leurs ombres bleutées et de minuscules franges d'écume venaient mourir sur le rivage, scintillant comme l'intérieur irisé d'un coquillage. La jeune fille poussa un soupir et ses pas la guidèrent un peu plus loin le long du sentier. Tout d'un coup, elle s'arrêta : Grant Ogilvie était assis à quelques mètres de là, le dos contre un rocher, et il lisait une lettre en plissant le front. Comme alerté par un mystérieux pressentiment, il leva la tête et aperçut Makeda.

— Tiens ! s'écria-t-il avec un sourire ironique. Voici la reine de Saba en personne, en train d'explorer silencieusement son domaine... Je ne vous avais pas entendue, ma chère.

— Pour ma part, je ne vous avais pas vu ! rétorqua-t-elle avec une certaine nervosité.

L'expression de l'homme s'adoucit.

— Pourquoi êtes-vous venue dans ces parages ? Pour admirer à nouveau l'Albatros ?

— Non. J'ai marché au hasard...

Il replia la missive qu'il tenait à la main et reprit :

— Cette lettre provient d'un entrepreneur... Aimeriez-vous savoir de quoi il s'agit ?

Makeda en mourait d'envie, mais se refusait à l'admettre à voix haute.

— Il s'agit de la restauration de Chrichton, expliqua son interlocuteur en voyant qu'elle ne disait mot. J'ai l'intention de m'y installer.

— A... à Chrichton ?

Elle ne pouvait en croire ses oreilles. Quels éléments avaient motivé cette décision ?

— Vous n'y résiderez pas en permanence, suggéra-t-elle d'un ton acerbe. Je vous y vois mal... Souhaitez-vous témoigner de votre fortune en exhibant une superbe demeure coloniale à vos visiteurs ?

— Vous vous montrez injuste envers moi, riposta-t-il. Vous ai-je jamais donné l'impression de vouloir jeter de la poudre aux yeux des gens ? Si c'était le cas, j'aurais certainement choisi un endroit moins isolé que celui-ci, il me semble.

— De toute manière, la restauration prendra probablement plusieurs années, répondit-elle en rougissant. La végétation est si dense que certains murs eux-mêmes commencent à se lézarder.

— C'est encore très léger, et les réparations peuvent en fait se réaliser très rapidement. Déjà, j'ai frété un navire qui arrivera ici jeudi pour déposer des poutres, des tuiles, du ciment... J'apporterai moi-même le reste avec l'Albatros.

— Le navire ne pénétrera jamais dans « Green Turtle », objecta-t-elle. La passe entre les récifs y est beaucoup trop étroite.

— Je le sais, et c'est pourquoi je m'apprêtais à solliciter votre autorisation... Pourrai-je faire décharger mes matériaux dans la « baie des Français », en face de Succoth ?

— Comment refuserais-je ? souligna-t-elle acidement. Toute cette île vous appartient !

— Certes, fit-il avec un sourire conciliant. Mais je serais désolé de déranger votre famille.

— Comment transporterez-vous tout cela de Succoth à « Green Turtle » ? Le sentier est si escarpé !

— Vous pensez à tout, à ce que je vois, persifla-t-il avec un sourire moqueur. Sachez, petite reine de Saba, qu'il existait un autre sentier longeant la mer, et que j'ai l'intention de le remettre en état.

— C'est une tâche immense ! s'exclama-t-elle. Des arbres de plusieurs mètres de haut y ont poussé...

— Eh bien, nous utiliserons des scies, des tronçonneuses... le problème est loin d'être insurmontable. Votre frère m'aidera, et trois autres amis à moi sont prêts également à passer plusieurs jours ici. Les pêcheurs eux-mêmes accepteront sans aucun doute de travailler avec nous.

— Je ne vous savais pas si avancé dans vos plans, avoua-t-elle.

— J'en ai beaucoup discuté avec Heber, et il est d'accord avec moi sur la nécessité d'intervenir très vite à Millo. Nos positions sont très proches ; nous voulons redonner une nouvelle vie au passé, l'intégrer dans le présent...

— Une fois Chrichton remis en état, vers quoi tournerez-vous votre énergie ? interrogea-t-elle. Vers la construction d'un hôtel de luxe ?

— J'ai l'intention de remettre peu à peu la terre en culture, fit-il sans répondre directement. Je ne choisirai pas la canne à sucre, trop délicate à traiter, mais probablement les ananas et les épices. Le nord de Millo est extrêmement fertile, et beaucoup d'indigènes de Grenade ou de St-Vincent recherchent du travail. Ils seraient enchantés de venir s'installer ici. Je ferai construire un nouveau village...

Makeda resta un instant songeuse. Ces projets étaient tous différents des ambitions touristiques qu'elle lui avait prêtées...

— Tout ceci sera excellent pour l'île, murmura-t-elle. Je n'aurais pas agi différemment si j'avais eu votre fortune.

Grant garda le silence quelques minutes.

— Simon Wetherby vous apporte-t-il un soutien efficace ? demanda-t-il soudain à brûle-pourpoint. La confiance que vous lui témoignez ne laisse pas de me surprendre... Vous le connaissez depuis si peu de temps !

— Depuis une semaine, protesta-t-elle faiblement. Quant à son aide, elle s'avère certainement utile par moments. Il possède bien son sujet.

— Admettons... mais vous devriez vous comporter de façon un peu plus méfiante, petite fille.

— Que voulez-vous insinuer ? Je ne suis plus une enfant, contrairement à ce que vous pouvez croire, protesta-t-elle. Je suis capable de me former une opinion...

— Nous en reparlerons dans quelque temps, conclut-il abruptement.

Il la guida un peu plus bas sur la pente, jusqu'au début de l'ancien sentier joignant « Green Turtle » à Succoth. Ils restèrent quelques instants plongés dans la contemplation du site. Dans un an ou deux, songeait Makeda, Chrichton se dresserait à nouveau fièrement sur son promontoire, débarrassé des ronces qui l'encombraient ; et des plantations d'ananas s'élèveraient dans toutes les collines environnantes, bourdonnant du travail des ouvriers... Elle pouvait presque visualiser la scène, mais serait déjà partie lorsqu'elle se réaliserait.

— Lorsque les cultures commenceront, déclara Grant, j'installerai un gérant à Succoth.

Et lui-même, comme il l'avait dit, résiderait à Chrichton, compléta-t-elle mentalement. S'il se mariait, il aurait la place d'y loger une vaste famille...

— Où habiterez-vous durant la durée des travaux ? interrogea-t-elle. A Grenade ?

— Non, sur l'Albatros, que je laisserai en permanence à Millo.

La jeune fille dissimula une grimace. Ainsi, il serait sur place pendant de longs mois, et aucun des faits et gestes de la famille Garland ne lui resterait inconnu...

Après avoir maladroitement balbutié « au revoir » à son interlocuteur elle s'éloigna le long du sentier, courant presque.

A Succoth, Heber était perché sur une échelle devant le porche, un marteau à la main. Il s'arrêta en apercevant sa sœur et lança :

— Grant est-il rentré ?

— Oui. Il compte entreprendre bientôt des travaux à Chrichton, et te demandera certainement ton aide.

Le jeune homme descendit quatre à quatre son échelle, avec un sourire ravi.

— Magnifique ! Si je n'ai pas le temps de repeindre le porche ici, Simon le fera ; il me l'a promis.

— M. Wetherby semble avoir le don de se rendre indispensable, remarqua-t-elle un peu sèchement.

Son compagnon haussa les sourcils.

— N'en es-tu pas satisfaite ? J'ai deviné tout de suite qu'il était tombé amoureux de toi...

— Ne sois donc pas ridicule, jeta-t-elle avec agacement en entrant dans la demeure.

La maisonnée s'était-elle vraiment mise en tête que l'archéologue et elle-même étaient attirés l'un vers l'autre ? Cette supposition la contrariait. Simon était charmant, certes, mais elle aimait assez peu les attentions constantes dont il l'entourait. Les mots de

Grant lui revinrent à l'esprit ; elle ne devrait pas se former trop rapidement un jugement...

Makeda oublia ses préoccupations en pénétrant dans son bureau ; seule importait à présent la rédaction du manuscrit, et il était trop tard pour refuser l'aide du jeune Wetherby. Celui-ci fournissait d'ailleurs d'utiles conseils, et elle regrettait de moins en moins sa collaboration.

— J'apprécie votre assistance, dit-elle un jour. Je ne vous considère plus comme un étranger... Pardonnez-moi mes réticences du début.

— N'en parlons plus, répliqua-t-il en souriant. Moi-même, je profite énormément de cette situation, et j'apprends beaucoup.

— Qu'envisagerez-vous lorsque nous aurons terminé ? Avez-vous des projets en vue ?

— J'aimerais continuer à écrire, confia-t-il. Le sujet de votre père me passionne, et j'éprouve le besoin de coucher sur le papier toutes les idées qui me viennent à l'esprit...

Il se pencha un peu sur le bureau, les yeux soudain brillants, et ajouta :

— Nous pourrions travailler ensemble, qu'en pensez-vous ? En nous joignant à une expédition, par exemple, pour rédiger ensuite un ouvrage sur la question...

— Attendez un peu ! protesta-t-elle. Vous allez bien vite en besogne. Je n'ai pas la formation nécessaire, ne connaissant rien d'autre que les notes de mon père. Cela ne serait absolument pas suffisant pour devenir archéologue moi-même !

— L'expérience s'acquiert avec la pratique, assura-t-il. Et le nom de Garland vous ouvrira toutes les portes !

— Je ne l'utiliserais certainement pas, objecta-t-elle, légèrement choquée. Je préfère ne rien devoir à personne.

D'un commun accord, ils décidèrent une pause et

se rendirent sur la véranda pour prendre un verre. Un énorme bateau venait d'entrer dans la baie, et Makeda devina aussitôt qu'il s'agissait du navire apportant les matériaux de Grant Ogilvie.

— Que se passe-t-il ? interrogea l'archéologue.

— Ils apportent des poutres, pour reconstruire le toit de Chrichton.

Depuis deux jours, déjà, les travaux battaient leur plein. Des ouvriers avaient dégagé à la machette l'ancien sentier, brûlant les souches les plus grosses, et une odeur de fumée se répandait régulièrement dans l'atmosphère.

Le capitaine du bateau vint saluer Makeda.

— Nous nous excusons pour tout le dérangement, Miss Garland, déclara-t-il gentiment. Nous nous efforçons d'aller le plus vite possible. Dieu merci, M. Ogilvie a fait construire un ponton qui simplifiera énormément le déchargement.

— Il pense à tout, murmura Simon à l'oreille de la jeune femme.

Celle-ci hocha machinalement la tête, songeant encore une fois que Jacinthe était absente. Se promenait-elle vers « Green Turtle », pour bavarder avec Grant ? Il fallait espérer que la frêle adolescente ne tomberait pas amoureuse de l'homme... ce serait un véritable désastre !

Heber venait d'apparaître, et elle lui posa la question :

— Sais-tu où se trouve Jacinthe, par hasard ?

— Je n'en ai aucune idée ! répliqua-t-il. Elle est particulièrement secrète, en ce moment, et d'humeur très sombre. Il est quasiment impossible de lui adresser la parole !

Leur cousine se montra cependant, quelques instants plus tard, et elle était accompagnée de Grant. Celui-ci avait revêtu de vieux habits confortables pour œuvrer sur le chantier et il avait roulé jusqu'au coude les manches de sa chemise, découvrant ses bras bronzés et solides.

Il serra la main du capitaine et lança gaiement :

— Que pensez-vous du ponton ? Pourra-t-il vous servir ?

— Sans aucun doute, répliqua l'autre. J'espérais même l'utiliser dès ce matin.

— Bien sûr, pourquoi pas ?

Le capitaine resta silencieux quelques secondes, se passant nerveusement la main sur le front. Enfin, il se lança :

— Je n'ai pas osé déposer votre passagère à « Green Turtle », monsieur Ogilvie. Cela me paraissait trop risqué. Elle vous attend à bord.

— Ma... passagère ? s'exclama Grant, l'air abasourdi. Tout le petit groupe tourna ses regards vers le pont du navire. Une jeune femme blonde — Makeda reconnut la compagne du propriétaire de Millo au restaurant — se tenait accoudée sur la rambarde, ses longs cheveux doucement agités par la brise. Elle portait une élégante tenue de voyage bleu pâle, avec un foulard de soie assorti autour du cou, et contemplait pensivement le paysage.

Grant avait déjà dévalé le sentier et sauté dans le canot pour ramer jusqu'à elle.

Heber toussa légèrement pour rompre le silence.

— Viendras-tu nous aider à décharger, Makeda ? demanda-t-il. Nous avons besoin de tout le monde.

— Non, répondit-elle avec hésitation. Je dois rejoindre Mammy à la cuisine...

— Comme tu voudras, jeta-t-il en s'éloignant, suivi de Simon.

Makeda ouvrit la bouche pour questionner Jacinthe, puis la referma ; celle-ci s'était déjà éclipsée, plus silencieusement qu'un chat.

Grant Ogilvie était en train de tirer la navette sur la plage et donnait la main à son invitée pour l'aider à descendre. La jeune Garland retint son souffle ; la beauté de la nouvelle venue était encore plus éblouissante à la lumière du soleil qu'à celle des bougies. L'éclat de ses pommettes rehaussait la perfection de son teint, et elle promenait autour d'elle un regard curieux et enthousiaste.

Quelques minutes plus tard, le couple avait escaladé la colline et s'approchait de la véranda de Succoth.

— Quel site absolument merveilleux ! s'écriait la visiteuse. Je vous avais promis de ne pas venir tout de suite, mais j'avoue n'avoir pas pu résister à la tentation. J'ai énormément réfléchi, vous savez ! J'ai apporté avec moi une multitude de projets.

Makeda s'avança de quelques pas pour les accueillir et Grant fit les présentations.

— Voici Helen Rossiter... Makeda Garland. Vous rencontrerez les autres un peu plus tard.

Helen sourit largement.

— Vous avez beaucoup de chance d'habiter ici, déclara-t-elle. J'ai l'intention d'explorer toute l'île avant de me mettre au travail à Chrichton.

Le cœur de Makeda se serra soudain de façon insupportable. Elle était donc en face de la future épouse de Grant Ogilvie... Une impulsion subite, presque douloureuse, lui intima de crier brutalement : « mais je vous aime, Grant ! Je vous aime... »

Cependant, elle se borna à esquisser un sourire contraint. Il la considérait seulement comme une enfant... Elle ne s'était jamais rendu compte, auparavant, de la nature des sentiments qu'elle éprouvait pour lui. Il avait fallu l'apparition de cette étrangère, de cette « Dame aux camélias » radieuse dans les rayons du soleil matinal...

« Je suis amoureuse de cet homme, se répétait-elle avec désespoir. Et je vais devoir assister à son installation ici, en compagnie de cette femme... » Des larmes de rage impuissante lui montèrent aux yeux, et elle s'écarta légèrement, remerciant le ciel de l'arrivée d'Heber, Simon et Dolly. Helen et eux bavardaient déjà sans contrainte. Le charme de Miss Rossiter avait immédiatement agi sur tout l'assistance.

— Il y a tellement à faire ! soupirait cette dernière à l'adresse de ses hôtes. Nous commencerons par le toit, je pense... Je vais examiner cela de près.

— Nos ouvriers travaillent très efficacement, indiqua Grant. Ils ont dégagé la moitié de la route. Voulez-vous venir voir Chrichton immédiatement, Helen ? Je serais curieux de connaître votre opinion.

Makeda retint de justesse un sanglot. Ils allaient contempler ensemble leur future demeure, rêver à leurs projets...

— Heber est parti aider au déchargement, lui glissa Simon. Il serait plus poli que j'y retourne également, je crois. Voulez-vous m'accompagner ?

— Chrichton est décidément au centre des préoccupations, en ce moment, rétorqua-t-elle sans pouvoir dissimuler son amertume. Allez-y seul, Simon. J'ai à travailler sur le manuscrit.

Combien de temps encore rédigerait-elle le livre ? Sa tâche avançait très rapidement. Dans deux semaines, trois semaines au plus, elle aurait terminé... Et quitterait définitivement son île bien-aimée, la laissant aux mains de Grant et de sa femme...

La voix de Dolly Garland la fit soudain sursauter.

— Je me demande où M. Ogilvie va loger sa compagne, disait-elle. Chrichton est absolument inhabitable pour le moment, et la goélette offre peu de place. Je vais leur proposer de l'héberger...

— Je n'en ferais rien si j'étais vous, suggéra sa fille avec anxiété. De toute façon, il refusera certainement, et jugera que cela ne vous concerne pas.

— Vraiment, Makeda ! s'exclama l'autre avec désapprobation. Cet homme est beaucoup plus aimable que tu ne l'imagines, et possède en tout cas un tact indéniable.

— Je n'en suis pas sûre, murmura-t-elle, les yeux embués. Pour moi, il est tout simplement égoïste et peu soucieux du jugement d'autrui. La goélette est parfaitement assez grande pour deux personnes... mariées ou non !

— Makeda !

— Pardonnez-moi, Mère. Je vous donne seulement mon impression.

— Tu n'avais nul besoin de te montrer aussi véhémente, ma fille ! D'ailleurs, je te pensais en meilleurs termes avec M. Ogilvie. Je m'étais même laissée aller à songer qu'il pourrait tomber amoureux de toi, et qu'ainsi tu resterais pour toujours à Millo... Naturellement, ajouta-t-elle après réflexion, l'arrivée de cette jeune femme modifie les perspectives.

— Je vous en prie, Mère, n'abordons plus ce sujet, supplia Makeda en blêmissant. Grant n'aurait jamais pu m'aimer. Je l'ai malheureusement découragé dès le début, et même s'il ne connaissait personne d'autre à l'époque, il...

— Ma chère enfant ! Voudrais-tu insinuer par hasard...

Mais l'autre s'était déjà enfuie, le visage baigné de larmes. Dolly tapota pensivement le bras de son fauteuil ; la situation paraissait bien délicate... et très déconcertante. Pourquoi l'amour n'était-il jamais simple ?

6

Le déchargement dura trois jours. Helen Rossiter avait décliné avec politesse l'hospitalité de Dolly Garland ; elle rentrait à la Barbade avec le navire et y avait conservé sa cabine toute la durée de son séjour à Millo.

— En revanche, avait-elle ajouté en souriant, j'accepterai avec plaisir de loger sous votre toit lors de ma prochaine visite.

Dolly appréciait la courtoisie de la jeune femme, tout en s'inquiétant un peu de l'intérêt qu'Heber portait à Helen. Son fils était littéralement fasciné par la compagne de Grant Ogilvie.

Makeda, pour sa part, travaillait avec une énergie redoublée, comme si elle souhaitait quitter l'île le plus tôt possible. La situation lui était progressivement devenue intolérable, et seule son activité lui offrait un dérivatif relativement efficace. Curieusement, Simon apparaissait de moins en moins dans le bureau et passait la plus grande partie de son temps à Chrichton, où les travaux avançaient à vive allure. Les ouvriers du chantier mettaient beaucoup d'ardeur à la tâche et ils adoraient Grant, leur employeur ; non seulement, il les traitait avec justice et les dédommageait royalement, mais il ne répugnait jamais à mettre la main à la pâte. On voyait souvent sa haute silhouette au milieu des autres, donnant des

ordres, participant au transport des immenses poutres...

— A quoi s'occupe donc Miss Rossiter, toute la
journée ? avait demandé Dolly un après-midi, intriguée.

— Ce n'est pas « miss », mais « madame », avait
corrigé Heber en se servant un verre de lait. Son mari
est mort, je crois, et elle est architecte.

Makeda croisa le regard surpris de sa mère.

— Tiens ! s'exclamait cette dernière. Il s'agit donc
d'une veuve...

— Cela fait-il une quelconque différence ? interrogea le jeune homme d'un ton amusé.

— Non, bien sûr, quoique...

— Grant aurait-il dû, à votre avis, engager plutôt
un architecte masculin ? Helen est extrêmement
qualifiée, vous savez, je l'ai vue à l'œuvre. Personne
ne pouvait mieux qu'elle, diriger la restauration de
Chrichton. Elle est spécialiste de la période coloniale.

— Mais... M. Ogilvie n'en est-il pas tombé amoureux ? insista Dolly. J'avais cru comprendre...

— Vous avez l'âme bien romantique, Mère, plaisanta-t-il gaiement. J'ignore les sentiments de notre
propriétaire envers son employée. Il n'est pas particulièrement démonstratif !

— Cette jeune femme serait sans doute heureuse
dans cette demeure, murmura rêveusement l'autre.
Je l'imagine très bien, en train de descendre le grand
escalier enfin remis en état...

Makeda s'était brutalement levée de sa chaise, et
Mme Garland lui jeta un coup d'œil étonné.

— Que t'arrive-t-il, ma chérie ? Tu te montres
décidément de plus en plus nerveuse !

— Je... j'ai oublié quelque chose, bégaya sa fille.
Si vous voulez bien m'excuser...

Elle avait besoin de s'enfuir, d'échapper aux
commentaires attendris sur les futurs habitants de

l'île. En outre, elle ne souhaitait pas être devinée par sa famille, qui devait déjà nourrir de légers doutes à son sujet...

Ses pas la dirigèrent vers le sentier du haut de la colline, presque plus jamais utilisé depuis que celui du bas avait été déblayé. Il lui fallait la solitude, le silence, la présence amicale de la nature pour bercer un peu sa peine... Depuis quand aimait-elle Grant, en fait ? Elle n'aurait su le dire. Le processus s'était enclenché graduellement, imperceptiblement, et lui était resté longtemps inaperçu tant elle souffrait de perdre Millo. « Ce n'est pas possible, murmura-t-elle avec désespoir. Je ne peux pas, je ne dois pas l'aimer... » Elle songea soudain à Jacinthe, qu'elle avait crue un moment attirée par l'homme. Pauvre Jacinthe ! Si c'était vraiment le cas, elle devait connaître les mêmes tourments que sa cousine, et cette dernière se sentit profondément apitoyée envers la secrète adolescente. Toutes deux partageaient la dérisoire tragédie d'un premier amour inassouvi... Rien n'était plus douloureux, et le traumatisme pouvait s'en prolonger toute la vie. Des milliers de rêves lentement élaborés dans le cœur d'une jeune fille étaient brisés, piétinés d'un seul coup, comme un fragile verre de cristal.

Elle était arrivée au sommet du promontoire. L'Albatros était toujours là, baigné dans la lueur d'opale des premiers rayons du couchant.

— Que pensez-vous de nos travaux ? fit une voix derrière elle. Nous avons beaucoup progressé, n'est-ce pas ? Je parie que vous n'auriez pas cru possible d'avancer aussi rapidement.

Makeda, effrayée, avait posé la main sur sa bouche ; Grant avait brusquement surgi d'un fourré, et se tenait debout devant elle, sa haute taille se découpant sur le bleu de plus en plus sombre du ciel.

— Vous... vous avez l'habitude déplorable d'apparaître sans prévenir, balbutia-t-elle maladroitement. Vous m'avez terrorisée !

Elle s'efforça de se ressaisir et reprit d'un ton plus calme :

— Vous avez déjà installé la moitié de la charpente, effectivement, remarqua-t-elle. Toutes mes félicitations.

— Oui. Le toit sera bientôt terminé, et c'est l'essentiel. Pour le reste, nous prendrons notre temps.

— Helen Rossiter vous secondera, je suppose, dit-elle d'un ton neutre.

— J'y compte bien ! C'est l'une de mes meilleures amies, mais c'est surtout un architecte talentueux.

— Et en outre, une très belle femme... ne put s'empêcher de commenter Makeda, tant l'idée la torturait. J'en ai peu rencontré d'aussi éclatantes.

— Oui, n'est-ce pas ? Bizarrement, ajouta-t-il après un moment d'hésitation, elle a l'impression que vous ne l'aimez pas beaucoup... Je me demande pourquoi.

Son regard pénétrant mit son interlocutrice mal à l'aise.

— Je... quelle idée ! balbutia-t-elle. Je n'ai aucune raison de ressentir une quelconque jalousie...

Elle se mordit les lèvres en se maudissant intérieurement : le mot était particulièrement mal choisi.

— Jalouse ? releva Grant en haussant les sourcils. Soyez franche, petite fille. Si vous l'êtes vraiment...

— Oh, j'envie simplement sa beauté et son assurance, expliqua-t-elle en hâte.

— N'êtes-vous donc pas sûre de vous-même ? interrogea-t-il avec un sourire curieusement énigmatique.

Makeda détourna son visage, gardant sans s'en rendre compte la tête très droite.

— Je n'ai aucun désir de chicaner avec vous,

monsieur Ogilvie. D'autant plus que mon manuscrit tire à sa fin, et que je quitterai l'île d'ici peu...

— Je n'ai pas construit d'hôtel sur Millo, comme vous le craigniez, indiqua-t-il. Vous m'aviez jugé bien sévèrement, n'est-ce pas ?

— Je vous présente toutes mes excuses, murmura-t-elle en s'efforçant de maîtriser sa voix. Mais peut-être ne me serais-je pas trompée sur votre compte si vous m'aviez dit la vérité dès le début.

L'homme dissimula un léger soupir et s'approcha d'elle.

— Vous ne m'en avez pas vraiment laissé l'occasion, protesta-t-il. Vous êtes encore une enfant, vous accusez et mordez comme un chaton en colère avant de savoir de quoi il retourne... Je ne gâcherai pas Millo, soyez-en convaincue. Et si vous le voulez, vous pouvez rester à Succoth plus longtemps que prévu.

— Non, s'exclama-t-elle. Non, je refuse ! Je vous ai promis de partir, et je le ferai !

Son compagnon prit une profonde inspiration.

— Parlons du manuscrit, dit-il soudainement. Vous ne vous êtes jamais servie des notes de mon oncle, mais je pense qu'il n'est pas trop tard. Ne serait-il pas plus intelligent de notre part de collaborer ? Nous ne sommes pas ennemis, après tout. Il y a plusieurs passages que je ne saisis absolument pas, mais vous serez certainement susceptible de m'éclairer...

— Pourquoi ? s'écria-t-elle avec colère. Pour que vous puissiez publier un ouvrage de votre côté ? Pour vous honorer d'un nouveau fleuron ?

Tout d'un coup, il fit un pas en avant et saisit la jeune fille par le bras. Son étreinte puissante était presque douloureuse, et une fureur contenue se lisait sur ses traits. Ses yeux virèrent au gris ardoise et lancèrent un éclair.

— Je ressentais envers mon oncle une immense

gratitude, et une admiration sans bornes pour ses travaux. Etes-vous capable de comprendre cela ? Pouvez-vous imaginer que je désire lui rendre un dernier hommage ? Votre cousine Jacinthe possède plus de clairvoyance que vous, ma chère. Du fait de la reconnaissance qu'elle éprouve envers votre père pour l'avoir recueillie, elle approuve totalement ma position.

Il la lâcha brutalement, sans attendre une réponse, puis prit la direction de Succoth.

Makeda resta immobile. La nuit était tombée ; des ombres menaçantes s'allongeaient sur le sentier et le sable de la plage luisait faiblement, unique tâche pâle dans la grisaille environnante. Grant revint sur ses pas, saisit la jeune fille par la main et lança :

— Venez... et soyez prudente, il y a de nombreux éboulis à cause des travaux.

Une fois devant Succoth, il la laissa aller et jeta avant de s'éloigner définitivement :

— Bonsoir, ma chère. Encore une fois, si vous changez d'avis au sujet des documents de mon oncle, faites-le-moi savoir. Excusez-moi de vous quitter... je suis en retard.

Une dernière intonation de rage avait résonné dans sa voix. Des larmes brûlantes perlèrent subitement aux yeux de l'adolescente ; étaient-ils devenus, par sa faute, définitivement ennemis ?

Simon était assis dans la véranda, et la faible lueur rougeoyante de son cigare perçait l'obscurité.

— Nous devrons dîner seuls avec Jacinthe, annonça-t-il. Heber et Dolly font leurs adieux au capitaine.

— Très bien... en attendant, je vais travailler un peu dans le bureau, répondit-elle machinalement.

Il fallait calmer ses nerfs à vif, oublier... Le jeune homme proposa son aide et elle l'accepta.

— Nous arrivons presque à la fin du dépouillement de la seconde partie des notes, déclara-t-il en s'installant en face d'elle. Nous connaîtrons bientôt la nature de la découverte... Mais si vous avez déjà parcouru l'ensemble, vous devez déjà être au courant ! Hunt et votre père ont-ils trouvé les mines de la reine de Saba, Makeda ?

— Je l'ignore, avoua-t-elle. Les papiers étaient dans un tel désordre que je n'ai pas encore pris la peine de les lire.

Simon eut un sifflement admiratif.

— Comment avez-vous pu résister à la curiosité ? Je n'en aurais jamais été capable.

— Vous savez, les notes suivent le déroulement des fouilles, expliqua-t-elle. D'un jour à l'autre, ils ignoraient ce qu'ils allaient trouver... J'ai préféré les imiter et progresser pas à pas.

Après un grognement approbateur, son interlocuteur demanda :

— Vous rendrez-vous à Londres, pour assister à la publication ?

Makeda réfléchit. Elle s'était souvent posé la question, sans jamais pouvoir y répondre.

— Votre mère a l'intention d'y rentrer bientôt, ajoutait le jeune Wetherby. Elle attend seulement qu'Heber ait terminé de travailler à Chrichton.

Sa compagne s'apprêtait à répliquer lorsqu'un coup discret frappé à la porte lui fit tourner la tête ; Mammy venait annoncer le dîner.

— Il y a même des bougies sur la table, s'exclama la jeune fille en pénétrant dans la véranda. N'est-ce pas merveilleusement romantique ? Mammy est parfaite.

Simon acquiesça en souriant et se mit en devoir d'ouvrir la bouteille de vin.

— Si seulement le temps pouvait s'arrêter, soupira-t-il. Mes deux semaines sur Millo se sont écoulées à une vitesse telle que je n'ai pas eu le temps de réaliser...

Il emplit leurs verres de vin blanc très frais, puis

posa une main sur celle de Makeda, au travers de la table.

— Je suis absolument ravi de travailler avec vous, poursuivit-il. J'ai sans arrêt dans l'esprit l'image de votre père sur cette île, penché sur son ouvrage, et cela m'émeut profondément.

— Je me demande ce qu'il aurait pensé de notre œuvre, répliqua-t-elle en retirant discrètement ses doigts. Je me suis efforcée d'être aussi méticuleuse que lui, sans savoir si j'y suis parvenue.

— Vous l'êtes, j'en suis certain... Attendrons-nous Jacinthe encore un peu, ou commencerons-nous sans elle ?

— J'opte pour la dernière solution, fit Makeda. Ma cousine se montrera quand elle le jugera bon, ne vous inquiétez pas. Elle connaît l'heure des repas.

Elle se sentait, tout d'un coup, beaucoup mieux disposée qu'à l'ordinaire envers le jeune homme, comme chaque fois qu'il évoquait la mémoire de John Garland en lui rendant hommage. Elle sourit gentiment et pressa la sonnette pour appeler la gouvernante. Celle-ci arriva bientôt d'un pas vif et posa sur la table un plat joliment décoré. Il en émanait une savoureuse odeur d'épices. Simon leva son verre et ils trinquèrent, leurs visages à peine éclairés par le halo rose et translucide de la flamme vacillante des bougies.

— A notre coopération, Makeda. Puisse-t-elle durer le plus longtemps possible !

— Elle ne durera pas au-delà de ma présente tâche, rappela l'intéressée. Je la mène à bien parce qu'il s'agit d'une dernière marque d'estime, d'une ultime preuve d'amour envers mon père... Il s'est sacrifié pour nous pendant des années et je ne pourrai jamais l'oublier. Mais ensuite, il reviendra à Heber de reprendre le flambeau.

Tout en parlant, elle se souvenait des paroles dè

Grant Ogilvie à propos de son oncle, et comprenait soudain leur profonde sincérité.

— Evidemment, mes motivations sont moins sentimentales que les vôtres, remarqua l'autre avec une légère amertume. Malgré toute mon admiration pour le professeur Garland, je suis surtout guidé par l'aspect professionnel des choses.

— Vous m'avez apporté une aide précieuse, assura-t-elle. Je ne manquerai pas de mentionner votre nom dans la préface.

Mammy réapparaissait avec le dessert.

— Miss Jacinthe vient de rentrer, annonça-t-elle d'une voix soulagée. Ben l'a vue se promener au village ; elle contemplait les barques de pêche... Votre cousine ne devrait pas rester dehors aussi tard, à mon avis !

L'intéressée se montra dans l'embrasure, une expression contrariée sur son petit visage mince.

— Je sors à l'heure qui me plaît, Mammy ! lança-t-elle avec nervosité. Et je ne supporterai aucun commentaire sur ma conduite !

Makeda leva la tête, surprise de l'acidité du ton. Mais les yeux de Jacinthe étaient emplis de larmes, et elle n'osa pas intervenir.

— Pardonnez-moi pour mon retard, ajoutait l'adolescente d'une petite voix. Je n'avais pas emporté ma montre.

La jeune Garland l'invita à s'asseoir et proposa avec douceur :

— Nous t'avons gardé une part de ragoût, et un gros morceau de dessert. Tu dois te restaurer, à présent ! A quoi as-tu passé ta journée ?

— J'ai commencé par Chrichton, mais Grant a fait mettre une porte et elle était fermée à clef. On ne peut plus y pénétrer... J'imagine qu'il en fera autant à Succoth, après notre départ, ajouta-t-elle d'un air sombre.

— N'y pense pas, encouragea Makeda en s'efforçant de paraître gaie. J'exige que tu aies fini ton assiette avant qu'elle refroidisse !

— Et moi, je vous offre un verre de vin, intervint Simon en se mettant à l'unisson. Buvez-en une gorgée... Il est délicieux. Vous ai-je jamais raconté l'une de mes anecdotes favorites ? Nous avions commencé des fouilles avec un groupe d'amis, en Ecosse, il y a deux ans. Nous espérions trouver des vestiges d'habitations romaines. En fait, on nous avait donné des indications erronées... Et savez-vous ce que nous avons fini par dénicher ? Une carte routière et une lampe de poche, probablement perdues l'année précédente par quelque touriste, et enfouies dans le sol par les intempéries !

Jacinthe, à la plus grande joie de sa cousine, riait de bon cœur.

— Nous avions l'intention de retravailler après le dîner, indiqua la fille du défunt archéologue. Cependant, si tu le souhaites, nous te tiendrons compagnie.

— Je vous remercie, mais je vais simplement lire dans ma chambre. J'ai besoin d'un peu de repos. Au fait, savez-vous qu'il y aura bientôt l'électricité à Chrichton ? Grant est en train d'y installer un groupe électrogène.

La conversation roula encore quelques instants sur des points techniques, puis Makeda et le jeune Wetherby retournèrent s'installer dans le bureau.

— Jacinthe a-t-elle déjà choisi sa future profession ? demanda-t-il en décapuchonnant son stylo.

— Non, elle hésite encore. Mère l'aidera à prendre une décision le moment venu, je pense. Toutes les deux s'entendent assez bien, en fait.

— Votre cousine admire profondément toute votre famille, et vous en particulier. Elle vous est complètement dévouée.

— Nous n'avons qu'une année de différence d'âge, et nous sommes restées très proches depuis l'enfance. Nous avons tout partagé ; apprendre à nager dans la baie, manœuvrer le voilier, jouer à nous faire peur avec le manoir hanté et les légendes de Mammy...

— Millo lui manquera autant qu'à vous, n'est-ce pas ? La réalité permet bien peu souvent de réaliser ses plus chers désirs...

Simon se tut un instant, comme s'il envisageait mélancoliquement son propre cas.

— Pardonnez-moi de devenir nostalgique, conclut-il. Il est temps de nous mettre au travail.

Elle enleva le couvercle de sa machine à écrire et renchérit :

— Je vais finir la mise au propre du troisième chapitre. Quant à vous, si cela ne vous ennuie pas, vous pouvez poursuivre le dépouillement des notes... Prévenez-moi lorsque vous aurez terminé.

Pendant quelques instants, seul le claquement régulier des touches de la machine et le froissement des papiers tournés rompirent le silence. Puis la jeune fille tapa le point final du chapitre et s'adossa en poussant un soupir de soulagement.

— Un de plus ! s'écria-t-elle avec une intime satisfaction.

Elle tira la feuille de papier hors du rouleau et ajouta gaiement :

— Maintenant, passons au reste... Avez-vous fait d'intéressantes trouvailles, Simon ?

Il n'y eut pas de réponse ; le jeune homme, en face d'elle, gardait la tête baissée devant lui.

— Vous seriez-vous endormi ? plaisanta-t-elle. Répondez-moi...

Tout d'un coup, il se leva, et l'expression étrange de son visage inquiéta soudain sa compagne. Il se passait quelque chose d'anormal.

Il tendit la main vers les documents épars et murmura d'une voix qu'elle ne lui avait jamais entendue :

— Makeda... il y a ici, en plein milieu de la pile,

une douzaine de feuilles blanches... entièrement blanches.

— Ce doit être une erreur, souligna-t-elle. Mon père les aura glissées par mégarde avec les autres.

— Je me suis mal expliqué, reprit-il. Ces feuilles blanches *remplacent* des pages manquantes. Des données absolument cruciales ont disparu... comme si quelqu'un les avait prises.

— Mais personne d'autre que nous deux n'a eu accès à ces notes ! cria-t-elle avec désespoir. Et je ne les ai moi-même pas encore lues !

Simon eut l'air furieux et scandalisé, et elle ajouta en hâte :

— Je ne vous accuse pas, naturellement. J'essaie simplement de...

— De quoi ? coupa-t-il sèchement. Je ne suis pour rien dans cette histoire, Makeda !

— Bien sûr ! protesta-t-elle en sentant à son tour la moutarde lui monter au nez. Mais il faut bien...

— Je ne supporterai pas...

— Oh, cessons de nous interrompre et de nous quereller ! hurla-t-elle. Nous nous comportons comme deux hystériques !

— Je vous présente mes excuses, balbutia-t-il, soudain calmé. Je suis aussi bouleversé que vous.

La jeune fille prit une profonde inspiration.

— Quelqu'un — nous ignorons qui — s'est emparé de ces notes. Il n'y a aucune continuité entre la page venant immédiatement avant, et celle d'après, n'est-ce pas ? Dans ce cas, poursuivit-elle en le voyant hocher la tête, il s'agit d'une action délibérée, et non pas d'une erreur.

Elle entendit à peine la réponse de l'autre. Qu'allait devenir son livre ? Elle se sentait totalement désemparée, frustrée de son bien le plus cher, et elle refoula avec difficulté des larmes de rage impuissante.

— Je n'arrive pas à croire que quiconque ait pu se

montrer aussi cruel, chuchota-t-elle d'une voix blanche. Je...

Elle saisit les feuilles incriminées d'une main tremblante.

— Il s'agit exactement du même papier... On a donc bien essayé de nous abuser le plus longtemps possible.

— Dans le but, précisa Simon d'un air sombre, de nous empêcher de travailler. Il n'y a pas d'autre explication. Qui donc aurait intérêt à saboter la publication de l'ouvrage ?

— Grant Ogilvie ? suggéra-t-elle d'une voix presque inaudible. Mais il n'a jamais pénétré dans cette pièce !

Tout d'un coup, un soupçon terrible lui glaça le cœur. Grant avait bien eu les notes en sa possession, à la Barbade, lorsqu'elle les avait oubliées sur le bureau de M. Pettigrew... Il était impossible de s'ouvrir de cette angoisse à l'archéologue.

— Cela ne lui ressemblerait pas, reprit-elle d'un ton mal assuré. S'il voulait compléter les documents de son oncle, par exemple, il m'aurait demandé à voir les miens, et il ne les aurait pas volés... je vais me coucher, Simon. La nuit me portera conseil.

Le lendemain, décida-t-elle, elle aurait un entretien avec le propriétaire de Millo... mais elle irait seule.

— Méfiez-vous tout de même de lui, avait conclu le jeune Wetherby avec raideur. Bonne nuit, Makeda.

Celle-ci se tourna et se retourna dans son lit une bonne partie de la nuit, incapable de trouver le sommeil. Qui avait dérobé les dix pages ? Grant, pour publier le livre du professeur Hunt ? Simon ? Non. Il n'y avait vraiment aucun intérêt...

A un moment donné, des voix joyeuses provenant de la véranda lui firent dresser l'oreille. Elle reconnut celles de Dolly, d'Heber et de Grant ; visiblement, ils venaient de rentrer de la soirée d'adieux sur le navire. Le capitaine, faute de place, n'avait invité qu'eux trois ; Grant avait dû, à cause de Makeda, arriver en retard... Elle frissonna. Que lui dirait-elle en allant lui parler, le lendemain matin ? Elle n'en avait aucune idée. Simplement, il lui faudrait se lever très tôt pour le rencontrer seul, avant qu'il ne rejoigne les ouvriers sur le chantier.

Vers six heures, les premiers rayons du soleil l'éveillèrent. Elle ouvrit les yeux et consulta sa montre ; son sommeil avait duré à peine deux heures. Néanmoins, elle se mit debout et gagna la salle de bains.

En sortant de la maison, un peu plus tard, elle aperçut Jacinthe derrière sa fenêtre. Ce ne fut qu'un éclair ; le rideau se referma aussitôt.

L'Albatros, dans la vaporeuse lumière matinale, était posé sur l'eau comme un oiseau prêt à prendre son vol. Il n'y avait aucun signe de vie à bord et la jeune fille s'apprêta à attendre avec patience. Au bout d'une dizaine de minutes, cependant, le canot apparut et s'approcha de la plage. Grant s'y trouvait, sa canne à pêche posée à côté de lui.

— Je vous invite à prendre le petit déjeuner, cria-t-il gaiement. Nous pouvons même avoir une friture de poisson !

Elle ne répondit pas et resta immobile, ses longs cheveux d'or pâle tombant en vagues souples sur ses épaules. Le visage de l'homme s'assombrit. Il rama jusqu'au rivage et tira sur le sable la minuscule embarcation.

— Vous paraissez bouleversée, remarqua-t-il, ses yeux gris fouillant les siens. Que s'est-il passé ?

Elle hésita un instant. Il semblait soudain si franc, si attirant dans sa chemise rouge vif, les mains nonchalamment enfoncées dans les poches...

— Quelqu'un a volé une partie des notes de mon père, dit-elle soudain d'un seul trait. Les feuilles manquantes — probablement les plus importantes de l'ensemble — ont été remplacées par des pages blanches.

Une expression furibonde, semblable à celle qui avait traversé le regard de Simon Wetherby la veille au soir, déforma subitement les traits de son interlocuteur. Il se planta devant elle et lança d'une voix glaciale :

— Et c'est moi que vous soupçonnez, n'est-ce pas ? Vous n'avez pas perdu une seule minute. Vous vous êtes tirée du lit dès l'aube pour venir me confondre... Au nom du ciel, Makeda !

Il avait haussé le ton de façon menaçante, avec une nuance de mépris qui fit frémir la jeune Garland.

— Ne vous ai-je pas mise en garde plusieurs fois contre vos jugements à l'emporte-pièce ? Mais je ne prendrai pas la peine de vous détromper. Je vous rappellerai cependant une chose ; je vous ai proposé hier encore d'utiliser les notes de mon oncle. Vous en souvenez-vous ? Cette offre vous paraît-elle cohérente avec le vol de vos documents ?

Elle ne répliqua rien, incapable d'articuler le moindre mot tant sa gorge était serrée. Son cœur battait de façon désordonnée. Grant n'allait-il pas exploser, la secouer brutalement ? Elle lui adressa un rapide coup d'œil ; il semblait plus calme — ou tout du moins contenait sa colère.

— Quand vous êtes-vous aperçue de la disparition ? interrogea-t-il au bout d'un moment.

— Hier soir. Simon et moi étions en train de travailler, et...

— Je vois. Et vous vous êtes précipitée ici...

— Je ne vous ai jamais accusé, Grant.

— Vraiment ? Alors pourquoi êtes-vous venue ?

— Je... j'espérais que vous pourriez me donner un conseil.

Il éclata d'un rire sarcastique.

— Je ne suis pas détective, ma chère enfant. Si

j'avais la moindre idée, je vous en ferais part, mais je ne vais pas chercher à votre place... D'autant plus que vous m'avez cru coupable, même si vous ne le croyez plus. Réfléchissez un instant, Makeda : d'après vous, je désire abréger le plus possible votre séjour à Succoth, n'est-ce pas ? Or, si j'étais l'auteur du vol, cela vous obligerait à le rallonger.

— Je... je n'y avais pas pensé sous cet angle, babultia-t-elle.

— Eh bien, il est temps d'y réfléchir, affirma-t-il sèchement.

Après un dernier regard dépourvu d'aménité, il lui tourna le dos et replaça le canot dans l'eau.

La jeune fille le regarda s'éloigner à grands coups de rames rageurs. Si elle n'avait pas prononcé les paroles les plus maladroites du monde, songeait-elle avec désarroi, elle serait en train de déjeuner à bord de l'Albatros, devant une délicieuse tasse de café brûlant, admirant par le hublot les vaguelettes venant se briser contre la coque...

Elle reprit comme un automate le chemin de Succoth. Grant, se rendit-elle compte soudain, n'avait pas une seule fois mentionné Simon. S'il se méfiait de lui, il ne devait tout de même pas le croire coupable, et Makeda elle-même partageait cette opinion.

Ni Grant Ogilvie, ni Simon Wetherby, conclut-elle en serrant les poings, n'avaient commis le vol. Elle en était sûre, et pouvait leur faire confiance... Mais alors, qui ?

7

L'aménagement de Chrichton avançait à grands pas. En quelques jours, les ouvriers perchés sur la charpente — tout en entonnant à l'unisson de merveilleuses chansons des îles — avaient terminé de poser les tuiles. Makeda mourait d'envie de voir la demeure avec son nouveau toit ; mais elle se sentait incapable de reprendre le chemin de « Green Turtle ». L'évocation de la colère de Grant, lors de leur dernière rencontre, lui glaçait rétrospectivement le sang dans les veines.

De temps à autre, cependant, elle se permettait d'observer les travaux de loin, en se dissimulant dans un recoin du sentier des collines. L'Albatros était parfois absent, et la jeune fille comprenait alors que le propriétaire de Millo passait la journée à Grenade pour en rapporter des matériaux. A chaque fois, elle se demandait s'il ramenait également Helen Rossiter. Cette dernière, en tant que future maîtresse des lieux, n'avait-elle pas intérêt à soigner la restauration à la perfection ?

Un jour, effectivement, Makeda aperçut l'architecte sur le pont de la goélette. Aussitôt, impulsivement, elle recula pour s'abriter à l'ombre des buissons et resta immobile, le cœur battant, reprenant son souffle. Puis elle tourna les talons et rentra à Succoth.

Simon Wetherby et Jacinthe dégustaient un jus de fruits sur la véranda.

— Allons-nous nous mettre au travail ? interrogea l'archéologue. Je vous attendais.

Son interlocutrice acquiesça. Ils s'étaient mis d'accord pour poursuivre la rédaction de l'ouvrage jusqu'aux pages manquantes, espérant qu'ils réuniraient suffisamment d'éléments pour combler plus ou moins bien les lacunes et continuer ensuite.

— Une fois le livre terminé, avait expliqué Makeda non sans tristesse, je partirai, qu'il soit publiable ou non. Il est hors de question de profiter plus longtemps des largesses de Grant Ogilvie. Il aura bientôt terminé de travailler à Chrichton, et désirera certainement commencer les réparations à Succoth.

— Avec l'aide de Heber, à mon avis, avait glissé Simon. Ils s'entendent à merveille, et votre frère pourrait revenir à Millo chaque fois que ses études le lui permettront.

La jeune Garland, en pénétrant dans le bureau, soupira en se rappelant ces paroles. Elle-même, dans l'avenir, n'aurait aucune raison de séjourner sur l'île de temps à autre...

— Helen Rossiter est arrivée, dit-elle à voix haute.

Simon haussa les sourcils.

— Vraiment ? Ogilvie doit être enchanté... A-t-il l'intention de l'épouser, à votre avis ?

— Je ne sais pas, répliqua l'autre avec nervosité, et je ne veux pas le savoir.

Légèrement désarçonné, son interlocuteur resta silencieux quelques instants.

— L'avez-vous vu, ce matin ? reprit-il avec hésitation. A propos des notes de votre père...

— Il ne les a certainement pas prises, coupa-t-elle le visage fermé.

— Oh ! Si vous le dites... En tout cas, notre

situation est très délicate. Il est tellement absurde et frustrant d'avoir mis tous nos efforts dans l'entreprise, pour échouer juste au moment où nous allions aboutir...

Les traits de Makeda se crispèrent encore plus.

— Celui qui a dérobé ces feuilles, murmura-t-elle, en tremblant, ne se doute pas des tourments qu'il me fait endurer...

Son compagnon ne répondit pas. Il s'était plongé dans l'examen des papiers et releva la tête une demi-heure plus tard.

— Il n'y a rien à faire, soupira-t-il en posant son crayon. Il manque vraiment trop de choses. J'ai essayé de vous aider au maximum de mes possibilités, Makeda, mais à présent je ne vous serai plus d'aucune utilité... Je vais rentrer à Londres.

Elle lui adressa un regard surpris.

— Déjà ? Vous pouvez rester encore un peu, vous savez. Mère vous aime beaucoup, elle apprécie votre compagnie.

— L'idée de quitter Millo me déplaît, mais je dois songer à retrouver du travail. Mes moyens financiers ne me permettent pas de prendre des vacances prolongées...

— Attendrez-vous que Chrichton soit terminé, au moins ?

— Cela m'étonnerait, fit-il en secouant la tête. Je n'ai que trop tardé.

Dolly Garland était désolée de perdre le jeune archéologue, et elle le supplia de prolonger un peu son séjour. Cependant, curieusement, il paraissait désireux de disparaître le plus vite possible.

— Je m'accorde encore une semaine, annonça-t-il d'un ton définitif, puis je demanderai à M. Ogilvie de me déposer à Bridgetown.

Makeda avait remarqué un net changement dans son attitude. Il se montrait beaucoup moins tendre envers elle, moins affectueux, et ne tentait plus

110

jamais de lui saisir la main. Il évitait même de la contempler rêveusement, comme il avait coutume de le faire... La magie de Millo, semblait-il, s'était éteinte pour Simon Wetherby comme pour les autres.

Un matin, Helen Rossiter apparut sur le sentier et vint frapper deux coups discrets à la fenêtre de la véranda. Mammy sortit en hâte de sa cuisine pour venir l'accueillir.

— Bonjour, madame Rossiter, s'exclama-t-elle avec effusion. Oui, je vais prévenir Mme Garland de votre arrivée. Si vous voulez bien attendre un peu...

Makeda les avait entendues de sa chambre et elle se hâta d'intervenir.

— Ma mère est actuellement sous la douche, expliqua-t-elle. Puis-je vous venir en aide ?

Helen esquissa un sourire d'excuse.

— J'arrive bien tôt dans la matinée, n'est-ce pas ? Je vous prie de me pardonner. Simplement, il fait tellement plus frais à cette heure-ci...

— Désirez-vous boire quelque chose ?

— Volontiers, je vous remercie, accepta l'autre en prenant place sur un fauteuil.

— Je viens de presser un jus de mangue, je vous l'apporte.

L'architecte était vêtue avec le soin qui lui était coutumier : une robe vert pâle, ceinturée d'or, et des sandales dorées elle aussi, rappelant la blondeur de sa lourde chevelure... Makeda, en allant chercher les boissons à l'office, jeta un coup d'œil discret dans le miroir et rougit de la simplicité de sa tenue. Elle s'était simplement habillée d'un jean très délavé et d'un T-shirt usé, et se promenait pieds nus dans la maison comme à son habitude. Comment pourrait-elle jamais rivaliser avec l'éclat de la visiteuse ?

Tout en préparant les verres, elle se secoua. Il était hors de question de se laisser aller à ce genre de considération. Elle regagna la véranda et posa le plateau sur la table.

— Etes-vous retournée à Chrichton, depuis quelques jours ? demanda Helen en savourant son jus de fruits glacé. Nous avançons de plus en plus vite ! Je suis absolument enthousiasmée par les résultats. J'ai commencé à travailler sur la décoration intérieure. Aimeriez-vous venir y faire un tour avec moi ?

— Je... je préfère voir l'ensemble lorsque tout sera terminé. Ce sera magnifique, j'en suis certaine.

— Il est très agréable de collaborer avec Grant, indiqua l'autre. Je l'ai déjà fait plusieurs fois, en particulier pour ses hôtels de Grenade et des Barbades. Mais la restauration de Chrichton est une tâche beaucoup plus passionnante !

Elle fit entendre un rire cristallin qui évoqua à Makeda le léger bruit de l'écume se brisant sur le rivage.

— Grant me permet de tout organiser à ma guise, reprit-elle, y compris le choix du mobilier. Nous le sélectionnerons avec soin, chez les antiquaires de la Barbade. Il s'y trouve d'ailleurs ce matin, et c'est la raison de ma visite ici. Je... votre mère m'avait déjà offert l'hospitalité ; or je suis un peu ennuyée en ce moment d'abuser de celle de Grant. Il campe tant bien que mal à Chrichton pour me laisser l'usage de l'Albatros et j'avoue avoir des remords... Croyez-vous que... ?

— Je suis certaine que l'invitation de ma mère est toujours valable, madame Rossiter. Elle sera très heureuse d'avoir une nouvelle compagnie.

Etrangement, Makeda sentait fondre toute sa réticence envers Helen. Celle-ci faisait preuve d'un naturel et d'une gentillesse touchants. Il était impossible de lui résister...

— Ce serait merveilleux, s'exclamait-elle. J'ai bien pensé apporter une petite tente, mais Grant s'y oppose formellement. Et si je reste à bord de l'Albatros, cela m'oblige à le suivre régulièrement à Grenade ou à Bridgetown. Il est évident que je préfère pouvoir me concentrer sur mon travail !

— Combien de temps comptez-vous encore y consacrer ?

— Assez peu de temps, ma foi. Les fondations et les murs sont en très bon état.

Dolly Garland vint les rejoindre, arrangeant sur son front une mèche de cheveux humides.

— Helen ! s'écria-t-elle. Quel plaisir de vous revoir...

— Je suis venue solliciter humblement votre hospitalité, expliqua l'autre en souriant. Naturellement, si cela vous dérange trop, n'hésitez pas à me le dire.

— Mais non, pas du tout ! La chambre d'amis vous attend. J'ai moi-même eu des remords de vous savoir sur la goélette.

— Elle est fort bien équipée, rassurez-vous, indiqua l'architecte en riant. C'est même un véritable palace ! Cependant, comme je l'ai expliqué à votre fille, M. Ogilvie s'absente souvent et j'ai besoin de rester sur Millo. Il y en a encore pour un mois de labeur, peut-être un peu plus...

— Et après cela, vous nous quitterez définitivement ?

— Non, au contraire ! Je reviendrai certainement. L'île est tellement fascinante, et il me serait difficile de ne jamais revoir Chrichton... Cette maison est un peu mon œuvre, après tout.

Plus tard, dans la journée, Dolly confia à Makeda :

— Il sera très agréable d'héberger Mme Rossiter, n'est-ce pas ? Je l'apprécie beaucoup. Où en es-tu donc dans ton travail, ma chérie ? Simon m'a parlé de ces feuilles disparues... Est-ce vraiment très ennuyeux ?

— Oui, soupira la jeune fille. Ce livre est un ouvrage technique, il est hors de question que j'invente les éléments manquants.

— Je comprends, soupira sa mère. Cela m'ennuie dans la mesure où je comptais sur la publication pour nous en sortir plus facilement financièrement... En outre, nous allons devoir partir bientôt, n'est-ce pas ? Pour moi et Heber, cela ne pose pas trop de problèmes ; Jacinthe elle-même a décidé de devenir infirmière, et elle étudiera à Londres. Mais pour toi, évidemment...

— Oui, acquiesça la jeune fille avec amertume. Non seulement je vais être obligée de quitter Millo, mais je n'aurai même pas réussi à mener ma tâche à bien...

Elle se planta devant le seuil et contempla pensivement le paysage. Une rangée de bananiers s'élevait sur un côté du jardin ; M. Garland les avait plantés de ses propres mains, plusieurs années auparavant, et ils fournissaient des fruits en abondance. Mais Makeda ne les voyait pas. Ses pensées l'emportaient beaucoup plus loin, au-delà du promontoire, vers la baie de « Green Turtle »...

— J'ai peut-être une dernière possibilité, lança-t-elle soudain en se retournant. Grant Ogilvie m'a souvent proposé les notes de son oncle... Je crois que je vais les lui demander.

— Sont-elles identiques à celles de ton père ? questionna Dolly avec anxiété.

— Je l'ignore, mais peut-être y trouverai-je des indications. Naturellement, il me sera difficile de solliciter Grant après avoir refusé si longtemps. Je me sentirai humiliée, sans aucun doute, mais je suis prête à payer ce prix pour pouvoir terminer le manuscrit.

— M. Ogilvie ne fera aucune objection, j'en suis sûre, raisonna sa mère. Helen a souvent souligné son extrême gentillesse.

— Probablement a-t-elle su le prendre comme il fallait... Moi, au contraire, j'agis toujours avec une maladresse désastreuse.

— Si tu obtiens ces documents, supplieras-tu Simon pour qu'il t'aide encore quelque temps ?

— Oui, je pense... mais il doit chercher un travail, je crois.

— Le pauvre n'est pas très fortuné, effectivement.

Le lendemain, l'Albatros revint de la Barbade. Rassemblant tout son courage, Makeda s'engagea dans le sentier pour aller affronter le neveu du professeur Hunt.

Une fois encore, le pont était désert. Le canot, tiré sur le sable, était vide lui aussi. Grant devait se trouver à Chrichton... La jeune fille s'avança avec un pincement au cœur dans l'allée bordée d'acajous. Elle n'était pas venue au manoir depuis sa dernière entrevue avec le propriétaire... Les abords de la demeure avaient été dégagés avec soin, et la vue portait très loin, jusqu'à « l'île du Pelican » se dressant à l'horizon dans la légère brume matinale, fine comme une gaze. En s'approchant du porche, l'adolescente retint une exclamation ; l'ensemble avait totalement changé d'aspect. Les murs avaient été réparés et recrépis, les colonnes tombées remises sur leur socle... la maison avait retrouvé sa splendeur des anciens jours. Quel dommage qu'un site aussi beau ait abrité un tyran comme Samuel Chrichton ! Bien sûr, la cruauté de l'homme avait peut-être été exagérée par la légende, comme c'est souvent le cas...

Un grand nombre d'ouvriers s'activaient déjà aux alentours, et Makeda chercha des yeux dans la foule la haute silhouette de Grant. Tout d'un coup, elle l'aperçut, debout sur le seuil. Il la regardait droit dans les yeux, sans bouger, et elle s'avança vers lui en rougissant. Sitôt qu'elle eut escaladé les marches du perron, elle se mit à parler, pour ne pas lui laisser le temps de s'étonner de sa visite avec une raillerie moqueuse.

— Je... excusez-moi de venir vous trouver ici sans

y avoir été invitée. Ne vous ayant pas vu sur la plage, je me suis permis de monter... J'ai besoin de votre aide.

Elle se rendait compte que ces paroles paraissaient légèrement hachées et un peu incohérentes, mais elle n'avait pas eu le temps d'en préparer d'autres.

— Donc, répliqua-t-il avec un demi-sourire, ce n'est pas la curiosité qui vous a guidée... Ou disons, pas uniquement. Je me demandais pourquoi vous ne vous étiez pas montrée depuis plusieurs jours.

— Vous êtes ici chez vous. Monsieur Ogilvie, souligna-t-elle avec dignité. Je ne me permettrais pas de jouer les intruses.

— Mm... Voilà un terme un peu pédant, commenta-t-il doucement. Entrez donc à l'intérieur.

Makeda hésita un instant, une nuance de désarroi dans ses yeux verts.

— De quoi avez-vous peur, chère enfant ? reprit-il d'un ton à la fois moqueur et encourageant. Chrichton n'est plus hanté depuis longtemps, je vous assure !

Elle le suivit enfin et franchit l'immense porte d'acajou.

— Cette porte est absolument magnifique, murmura-t-elle. Vous l'avez fait sculpter localement, n'est-ce pas ?

— Oui, par un sculpteur indigène que j'ai ramené de Grenade. Il se nomme Joe Cartoga et travaille merveilleusement.

Le hall lui-même avait été entièrement couvert de panneaux du même bois, et la jeune fille retint son souffle, une étrange émotion lui serrant la gorge.

— J'ai eu la chance de retrouver les plans d'origine de la demeure, ainsi qu'une description de la décoration, poursuivit Grant non sans fierté. Nous avons tout reproduit avec une grande fidélité. Helen a été extraordinaire ; sans elle, je n'y serais jamais parvenu.

Il s'interrompit soudain et considéra avec tendresse le visage ému et pâle de son interlocutrice.

— Ne soyez pas aussi tendue, petite reine de Saba, dit-il avec gentillesse. Je vous prêterai les notes de mon oncle, et j'en serai heureux... Car vous êtes venue me les demander, n'est-ce pas ?

Il la prit par le bras et exerça une pression amicale.

— Je ne reviens jamais sur une promesse donnée, Makeda.

— Je... je m'en rends compte, balbutia-t-elle d'une voix blanche.

— Venez, vous devez visiter le reste, déclara-t-il.

Ils traversèrent le vaste hall et entreprirent de gravir les marches du majestueux escalier qui se dressait au milieu. L'étage comprenait dix chambres. La jeune fille se souvint de l'humidité qui y régnait du temps où les trous dans le toit laissaient passer la pluie. A présent, les planchers étaient complètement secs, et l'odeur de moisi avait disparu.

— Il reste beaucoup à faire ici, souligna Grant. Dans cette chambre...

Il ouvrit une porte ouvragée, et compléta :

— ... j'ai trouvé un vieux lit à baldaquin magnifique, que j'aimerais énormément remettre en état. Il devait s'agir, à mon avis, du lit de Samuel Chrichton lui-même. C'est le seul meuble demeurant dans toute la maison.

Makeda caressa avec admiration les piliers ouvragés soutenant le baldaquin.

— Plusieurs légendes concernent ce lit, murmura-t-elle, je m'en souviens. Ces monstres grimaçants sculptés par les indigènes étaient sensés chasser les esprits, et ces sortes de figures de proue évoquent les navires des colonisateurs... Elles sont très émouvantes, n'est-ce pas ?

Grant sourit avec intérêt et elle se détendit. Subitement, la glace était brisée ; il existait entre eux une intimité nouvelle, totalement différente de leurs rapports ordinairement distants.

— Je vous dois un aveu, poursuivit-elle. Je possède un objet que j'ai trouvé ici, quand j'étais enfant. Il... il s'agit d'un simple coffret d'acajou, assez petit, incrusté de nacre sur le dessus. C'était une ancienne boîte à ouvrage, à mon avis. Je l'avais emportée parce qu'elle était vide, et parce que je ne pensais pas que Chrichton serait jamais restauré. Mais bien sûr, elle vous appartient, et je vous la rendrai.

Son interlocuteur éclata d'un rire indulgent.

— Permettez-moi de vous en faire cadeau, ma chère. Cela constituera un souvenir de votre enfance dans l'ancien Chrichton abandonné et hanté !

— Merci infiniment, souffla Makeda avec une sincère gratitude.

Elle s'approcha de la fenêtre, d'où l'on avait une vue panoramique de la baie. Le soleil, comme de minuscules éclats de miroir brisé, scintillait sur les eaux bleu outremer du lagon.

— Cette pièce est admirablement située, n'est-ce pas ? commenta Grant. Elle domine l'ensemble de « Green Turtle », et le paysage est splendide.

— Lorsque j'avais une dizaine d'années, confia la jeune fille, nous avions coutume de venir nous réfugier ici avec ma cousine. Nous nous installions juste devant cette fenêtre, et guettions pendant des heures l'arrivée de pirates imaginaires.

— De nos jours, plaisanta-t-il, les pirates naviguent en goélette... La première fois que vous m'avez rencontré, vous n'étiez pas loin de me prendre pour un bandit, n'est-ce pas ?

— Non... tout de même pas ! protesta-t-elle en rougissant violemment.

Elle avala sa salive et reprit d'un ton neutre :

— Je vous suis extrêmement reconnaissante de me prêter les notes de votre oncle. J'en prendrai grand soin, je vous le promets.

— Je vous fais confiance, et je suis certain que vous saurez les utiliser. Moi-même, je n'aurai pas le temps de les consulter avant un bon moment. Je préfère en avoir d'abord terminé avec Chrichton.

Ils jetèrent un rapide coup d'œil dans les autres pièces, toutes entièrement vides. Makeda tentait d'imaginer à quoi elles ressembleraient lorsque Helen Rossiter les aurait meublées... Mais cette pensée lui était douloureuse et elle s'efforça de la chasser.

— Retournons au rez-de-chaussée, indiqua son compagnon. Nous sommes en train d'aménager les cuisines, mais Helen vous montrera tout cela lorsque ce sera terminé.

La jeune Garland le suivit dans les escaliers, la gorge serrée. Ces quelques minutes d'intimité qu'ils venaient de connaître resteraient profondément inscrites dans son souvenir... alors que Grant lui-même n'y accordait probablement aucune attention. Il semblait courtois et détendu, comme à l'ordinaire.

Une fois à l'extérieur, ils saluèrent Heber. Le jeune homme haussa les sourcils à la vue de sa sœur mais ne fit aucun commentaire.

— Je serai de retour dans une demi-heure, lui expliqua Grant. En attendant, Makeda et moi devons aller chercher des documents à bord de l'Albatros.

Il s'engagea dans le sentier, suivi de sa visiteuse, et mit le canot à l'eau.

— Voulez-vous ramer, Makeda ? Je ne vous ai jamais vue à l'œuvre, et je suis sûr que vous vous en tirerez fort bien.

L'intéressée s'exécuta, ses fines mains brunes serrant énergiquement les avirons.

— Montez à bord, invita-t-il quand ils arrivèrent près du bateau. J'aimerais vous offrir un verre.

Elle gravit l'échelle, se souvenant avec émotion de sa première visite sur la goélette. Cela semblait si loin ! C'était la seconde fois qu'elle se retrouvait seule avec lui au milieu de la baie... Elle s'assit sur la banquette désormais familière de la cabine et le regarda s'affairer.

— Limonade ? demanda-t-il. Ou bien... un cocktail au rhum ?

Elle ne put s'empêcher de sourire devant son air gentiment moqueur. Ne l'avait-il pas taquinée, lors de leur rencontre, sur son âge trop tendre pour consommer de l'alcool ? Apparemment, il avait changé d'avis...

— Une limonade, s'il vous plaît, répondit-elle néanmoins. Je meurs de soif.

Il posa les verres sur un plateau et proposa d'aller sur le pont. Makeda s'étira souplement, heureuse de la sensation bienfaisante du soleil sur sa peau. Chrichton se dressait fièrement sur son piton, juste en face d'eux, sa blancheur éblouissante tranchant contre le bleu pur du ciel.

— Les travaux ont été extrêmement rapides, commenta pensivement la jeune femme. J'admire votre esprit d'organisation et votre efficacité.

— Il ne s'agissait pas pour moi d'une tâche ordinaire, répliqua-t-il. En fait, j'étais guidé par l'amour, autant que vous dans la rédaction de votre manuscrit.

« L'amour » ! Le mot résonna dans l'esprit de la jeune fille, s'y gravant en lettres de feu. Toute l'énergie de l'homme nonchalamment allongé à côté d'elle était tendue vers un seul but : concrétiser les sentiments qu'il éprouvait envers Helen Rossiter, lui en offrir la preuve tangible avec cette demeure qui serait leur futur foyer...

Elle se leva soudain, posant son verre sur le pont, et lança d'une voix étouffée :

— Pourriez-vous m'apporter les notes, maintenant ? J'aimerais rentrer à Succoth le plus vite possible.

Il lui adressa un regard légèrement intrigué mais

disparut quelques instants et revint avec une enveloppe épaisse.

— Les voici... J'espère vous revoir à la fin des travaux. Nous avons l'intention de donner une grande soirée, une sorte de crémaillère. Peut-être même Helen vous demandera-t-elle votre aide.

La jeune fille gémit intérieurement. Participer aux préparatifs des festivités, avec la future femme de Grant ? Ce serait insupportable. Et cependant, comment refuser ?

— Je... avec plaisir, balbutia-t-elle.

Ils reprirent le canot pneumatique, et cette fois le propriétaire de Millo rama jusqu'au rivage.

— Dans combien de temps aurez-vous terminé le livre, à votre avis ? interrogea-t-il.

— Dans un mois environ, dit-elle à voix basse. Après cela, Succoth sera à votre disposition.

— Je n'y entreprendrai rien immédiatement, rétorqua-t-il. Ne vous inquiétez pas.

Makeda garda le silence. Une fois débarquée, elle remercia encore son compagnon et s'éloigna dans le sentier. Elle ne se doutait pas que Grant la suivit des yeux un long moment, les sourcils froncés et une expression pensive sur le visage.

8

Simon ne se laissa pas convaincre facilement de prolonger son séjour pour pouvoir étudier les notes du professeur Hunt, et Dolly dut venir avec feu à la rescousse de sa fille.

— Restez encore un peu, je vous en supplie, insista-t-elle d'une voix mélodieuse. Vous nous manquerez tellement après votre départ ! La maison paraîtra subitement bien vide...

— Si vous m'aidez à terminer, renchérit Makeda, je vous donnerai une partie des droits d'auteur. C'est d'ailleurs parfaitement normal ; l'ouvrage vous devra beaucoup.

— Je refuse, jeta-t-il sombrement. J'accepte une mention dans la préface, mais je ne veux aucun dédommagement financier. Je n'avais aucun esprit de profit en venant ici...

— Bien sûr ! assura-t-elle. J'en suis convaincue. Seulement...

— De toute manière, coupa-t-il, le livre se vendra probablement très peu, sachez-le. Il s'agit d'un domaine tellement spécialisé...

— Cela ne change rien. Je tiens à être honnête envers vous.

Le jeune Wetherby soupira et rapprocha sa chaise de celle de son interlocutrice.

— Je vous dois une confession, murmura-t-il

d'une voix rauque. Lorsque je suis arrivé ici, à l'origine, c'était avec l'intention d'écrire mon propre ouvrage, sous mon nom uniquement. Seulement, je manquais de matériaux, et je pensais vous amener à me confier ceux de votre père en... en vous séduisant.

Makeda ouvrit des yeux horrifiés.

— Malheureusement, poursuivit-il, tant que Grant Ogilvie se trouvait dans les parages, je n'avais aucun espoir...

· — Grant doit épouser Helen, voyons! s'écriat-elle la gorge serrée.

— Non. Je viens d'apprendre qu'en fait elle n'est pas vraiment veuve; simplement séparée. Son mari vit en Angleterre.

— En... En êtes-vous sûr? balbutia la jeune fille, oubliant un moment le premier aveu du jeune homme.

— Oui, les gens les plus sympathiques peuvent connaître des amours malheureuses... Pour ma part, par exemple, je me suis très vite pris au jeu, et je suis tombé passionnément amoureux de vous. Or, vous n'éprouvez rien envers moi...

Sa compagne se força à sourire. Elle avait d'abord ressenti une immense colère envers Simon, mais n'éprouvait plus à présent que de la compassion.

— Je suis désolée, murmura-t-elle. Je ne me suis jamais rendu compte... Je croyais à un simple flirt innocent.

— Je n'ai pas su me faire comprendre, conclut-il mélancoliquement. Mais n'en parlons plus... Comment s'est passée votre visite à Chrichton?

La jeune Garland exhiba l'enveloppe reçue le matin.

— Je peux les garder aussi longtemps que nécessaire, je crois, expliqua-t-elle. Curieusement, Grant ne m'a imposé aucune limite de temps.

— Peut-être attend-il le divorce d'Helen, et n'est-il pas trop pressé... Oh, excusez-moi ! Je suis d'une maladresse impardonnable.

— Non, ne vous excusez pas, répondit-elle machinalement. En fait, j'ai l'impression que je devrais tout de même partir. Je dois convenir d'une date précise pour quitter Millo.

— Je vous laisse un instant, soupira-t-il. Le navire vient d'arriver, et j'attends du courrier... j'en profiterai pour prendre celui de tout le monde.

Lorsqu'il réapparut un peu plus tard, Helen venait de rentrer de Chrichton et dégustait une tasse de thé.

— J'ai justement une lettre pour vous, annonça Simon. Elle vient de Londres, et a transité par la Barbade avant d'arriver ici.

Il la lui tendit avec un sourire auquel l'architecte répondit. Mais Makeda, attentive à la scène, avait remarqué la soudaine crispation des traits de la jeune femme, et elle se leva, faisant un léger signe à l'archéologue. Tous deux sortirent de la pièce discrètement. De la cuisine, la fille du professeur Garland entendit le bruit caractéristique du papier que l'on déchire, puis que l'on froisse... Un long silence s'ensuivit. Soudain saisie d'un obscur pressentiment, Makeda revint sur ses pas ; Helen, debout dans le coin le plus sombre de la véranda, se tenait immobile. Les larmes ruisselaient sur son visage bouleversé.

— Puis-je vous venir en aide ? lança impulsivement la cousine de Jacinthe. Avez-vous reçu de mauvaises nouvelles ?

Mme Rossiter hocha la tête.

— Oui... je... je dois rentrer à Londres le plus vite possible... Mon mari est en train de mourir.

— Oh ! je ne savais pas... je suis profondément désolée, balbutia maladroitement l'autre.

— Il était malade depuis très longtemps, expliqua son interlocutrice d'un ton las. Il ne reconnaissait même pas sa propre famille. Cela a duré huit ans...

Mon fils et ma fille se trouvent dans un collège privé, en France, comme il l'avait souhaité. Je dois les prévenir.

Elle semblait parler comme pour elle-même, se raccrocher à des détails pratiques pour éviter de sombrer dans le désespoir.

— Peut-être n'est-ce qu'une fausse alerte, suggéra Makeda sans trop y croire.

— Non. Je n'aurais pas été prévenue si la situation n'était pas dramatique. Je connais bien le personnel de la clinique, car je m'y rends le plus souvent possible, et ils ne devaient m'écrire qu'au dernier moment, sachant combien ma profession m'accapare.

— Le navire marchand repart aujourd'hui même, au prochain changement de marée. Dois-je informer Grant ?

— Non, ce n'est pas la peine. Il serait beaucoup trop ému de me voir aussi inquiète, et serait capable de tout laisser tomber pour m'accompagner. Il... il connaissait Desmond, mon mari, et sait fort bien combien nous nous aimions...

— Reviendrez-vous sur Millo ?

— Oui... un jour.

Le lendemain matin, après le départ d'Helen, Heber s'en fut mettre Grant Ogilvie au courant.

— Elle n'a pas voulu m'avertir car elle préférait être seule, expliqua ce dernier. Elle s'attendait à être rappelée d'un jour à l'autre. Je lui avais même proposé de reculer la date des travaux, à Chrichton, mais elle avait refusé, désirant se plonger dans le travail pour oublier un moment ses soucis... son métier d'architecte et ses enfants vont constituer tout son univers, à présent.

Makeda, épuisée, avait dormi fort tard et Simon vint la réveiller.

— Au travail ! lança-t-il gaiement. Tout le monde est debout depuis longtemps, ma chère !

— Pardonnez-moi, répliqua la jeune fille en enfilant son peignoir. Avez-vous déjà déjeuné ?

— Mais oui ! Avec Jacinthe, qui passe d'ailleurs la matinée sur le chantier... Etant donné qu'Helen est partie, elle pensait proposer son aide, je suppose. Je vais vous préparer un café.

Makeda passa dans la salle de bains puis le rejoignit à la table de la véranda. Il observait le ciel d'un air anxieux :

— C'est curieux, murmura-t-il. J'ai l'impression oppressante que nous allons avoir un orage.

— Un orage ne serait rien, taquina-t-elle. Il s'agira plus probablement d'un ouragan. Les vents soufflent à plus de deux cents kilomètres à l'heure, des vagues géantes montent jusqu'au seuil de Chrichton...

Simon lui jeta un regard noir et frissonna.

— Vous... vous essayez de me faire peur ! Je parie que vous n'avez jamais rien subi de tel...

— Au contraire, assura-t-elle. Je vis ici depuis longtemps, ne l'oubliez pas. Il y a trois ans, une tempête extraordinaire a emporté le toit de Chrichton — ou du moins ce qu'il en restait. Dieu merci, Succoth avait été épargné... Les ouragans sont d'une nature capricieuse. Qui sait où frappera le prochain ?

— Je vais me mettre au travail, marmonna le jeune homme sans pouvoir dissimuler un certain malaise. Je ne souhaite pas en entendre plus !

La jeune fille lui adressa une grimace amicale. Simon Wetherby n'était visiblement pas fait pour vivre dans les Caraïbes !

Elle termina son petit déjeuner tranquillement puis gagna à son tour le bureau. Son collaborateur se précipita vers elle à son entrée, l'air hagard.

— Que se passe-t-il ? questionna-t-elle aussitôt, totalement déconcertée.

— Les notes du professeur Hunt, Makeda. J'en ai juste fini la lecture... Or, elles ne contiennent rien,

rien de plus que celles que nous avons ! En fait, elles sont absolument inutilisables.

La jeune fille s'appuya contre le chambranle. Ses jambes se dérobaient sous elle. La déception la mettait dans un état second, comme si on venait de la frapper brutalement.

— Oh, Simon ! gémit-elle enfin d'une voix presque inaudible. Ce n'est pas possible...

— Malheureusement si. Je suis sûr de ne rien avoir laissé échapper.

— Tout est fini, souffla-t-elle en s'effondrant sur une chaise. A présent, je peux définitivement dire adieu à mon projet le plus cher. C'est un véritable crève-cœur !

— Chut ! fit soudain le jeune homme, lui intimant de se taire en posant un doigt sur sa bouche. Je crois avoir entendu quelqu'un...

Il s'approcha de la fenêtre et poussa brusquement la jalousie.

— Personne, s'exclama-t-il d'un ton dépité. Pourtant, j'aurais juré...

— Ce devait être Mammy ou Jacinthe, cueillant des légumes dans le jardin, suggéra Makeda d'un ton las.

Elle se força à se lever, le visage blanc comme la craie, et rassembla les documents éparpillés sur le bureau.

— Je vais pouvoir rendre tout ceci à Grant beaucoup plus tôt que prévu, lança-t-elle avec amertume.

— Si seulement nous trouvions une solution...

— Il n'y en a aucune, Simon. Vous et moi avons fait tout notre possible. Désormais, l'heure est venue de quitter Succoth. Je parlerai à Mère dès cet après-midi.

Dolly Garland accepta la nouvelle avec résignation, et la famille décida de rentrer à la Barbade dès le début du mois suivant. Jacinthe, présente lors de la discussion, resta muette comme à son habitude.

Depuis le début de l'été, elle s'était retranchée dans un silence énigmatique qu'aucun effort de la part des autres ne parvenait à briser.

Le lendemain matin, Makeda prit une nouvelle fois le chemin de Chrichton. Le chantier était déjà en pleine effervescence, et elle contempla un instant la chute d'un immense acajou, probablement destiné à la décoration intérieure. Grant restait invisible ; elle se demanda un moment s'il n'avait pas rejoint Helen à Londres. Mais un coup d'œil dans la baie la rassura : l'Albatros était toujours au mouillage. La jeune fille s'approcha de la maison à pas lents, et reconnut tout d'un coup, au bas des marches, une chemise rouge qui lui était familière.

Il se dirigea vers elle en souriant, s'essuyant le front de son mouchoir. Makeda lui tendit l'enveloppe contenant les notes de son oncle.

— Ces papiers ne sont d'aucune utilité, déclara-t-elle d'une intonation légèrement tremblante. Elles concernent uniquement la première partie de l'expédition, et ne nous apprennent rien que nous ne sachions déjà.

Un éclair de compassion illumina brièvement le regard gris de Grant Ogilvie, et sa voix résonnait avec une nuance de sincérité lorsqu'il répondit :

— Je suis profondément désolé... Vous devez être horriblement déçue. Quels sont vos projets, à présent ?

— Nous partons au début du mois prochain, pour la Barbade, et peut-être ensuite l'Angleterre.

— Dans le seul pays où votre mère se sente chez elle, n'est-ce pas ? suggéra-t-il en hochant la tête. Mais vous, Makeda ? Quelle est votre véritable patrie ?

Comme s'il ne le savait pas ! songea-t-elle avec irritation, les larmes aux yeux. « Ici ! faillit-elle crier. Ici, sur cette île... » Mais pouvait-elle se permettre un tel aveu, alors qu'Helen Rossiter reviendrait un jour pour prendre possession des lieux ?

— Cela n'a pas beaucoup d'importance, n'est-ce pas ? répliqua-t-elle en feignant de prendre un ton léger. Je chercherai du travail en Grande-Bretagne, et probablement finirai-je par m'y adapter.

— En êtes-vous certaine ?

Il la fixait avec une moue dubitative. Un magnétisme extraordinaire émanait de toute sa personne, et Makeda se sentit soudain vaciller, le sang battant à ses tempes. Jamais auparavant elle n'avait été aussi consciente de la présence de l'homme.

— Plus ou moins... j'avoue être encore profondément choquée par ce qui s'est produit. J'espérais tellement pouvoir publier l'ouvrage de mon père...

Là, songea-t-elle, n'était pas la seule cause de son trouble ; mais elle se garda bien de préciser.

— Cependant, ajouta-t-elle en redressant la tête, je ne suis pas du genre à me lamenter toute ma vie sur ce qui aurait pu être. Ce sera difficile, mais j'essaierai de repartir à zéro, en tirant un trait sur le passé. Bientôt monsieur Ogilvie, je ne serai plus l'enfant que vous avez toujours vue en moi. Jacinthe songe à devenir infirmière, comme ma sœur Abi, et peut-être suivrai-je après tout le même chemin...

Elle lui adressa un sourire qu'elle voulait assuré.

— Je vous vois mal en train de distribuer les thermomètres dans un hôpital, grommela-t-il. Votre véritable existence est inséparable des Caraïbes, Makeda.

— J'y ai connu le bonheur, certes, rétorqua-t-elle en se raidissant. Mais pourquoi ne le connaîtrais-je pas aussi autre part ?

— Parce que vous n'êtes pas faite pour vivre ailleurs... Nul ne vous oblige à quitter Succoth en même temps que les autres, vous savez. Je vous l'ai dit, vous avez tout loisir d'y rester indéfiniment.

— C'est impossible, vous devez vous en rendre compte, chuchota-t-elle au bord des larmes.

— Ne désespérez pas. Les notes de votre père finiront bien par resurgir, j'en suis certain. Et alors, vous pourrez enfin mener votre œuvre à bien, ici, sur Millo... Je n'ignore pas combien cette entreprise vous tient à cœur.

La jeune fille esquissa un petit sourire triste. Elle ne partageait pas son optimisme, tout en lui étant reconnaissante d'essayer de la consoler.

— Mère va retenir des places pour nous tous sur le prochain bateau, expliqua-t-elle rapidement. Notre départ est vraiment définitif. Le seul problème, ce sera les meubles, et les livres de mon père. Il est hors de question de les emporter avec nous.

Grant réfléchit un instant.

— Je suis prêt à racheter tout le mobilier de Succoth, répondit-il. Il existe de fort belles pièces, et elles seront les bienvenues à Chrichton. En ce qui concerne la bibliothèque, vous pouvez me la confier sans crainte. J'en prendrai grand soin, et vous la rendrai dès que vous en aurez besoin.

Son interlocutrice leva vers lui des yeux brillants.

— Ce serait merveilleux. Je suis confuse de tant d'amabilité.

— Ne me remerciez pas trop vite, fit-il d'un air énigmatique. Je vous propose tout cela au cas où les notes de votre père resteraient introuvables, ce dont je ne suis pas convaincu... Ne l'oubliez pas.

Makeda reprit lentement le chemin de sa demeure. La propension de Grant à croire aux miracles l'étonnait ; les feuilles manquantes étaient irrémédiablement perdues, et bientôt elle quitterait Millo pour toujours. Le seul avantage de ce départ, songea-t-elle avec amertume, serait bien de ne pas assister au retour d'Helen Rossiter, et à son installation sur l'île... Elle jeta un coup d'œil vers la « baie des Français » et bifurqua dans le sentier qui descendait vers la plage. Elle désirait savourer encore un peu la solitude, ne pas retrouver les autres immédiatement. Otant ses sandales, elle s'avança pieds nus dans la mer. Le léger friselis des vagues lui procurait une fraîcheur bienfaisante. Combien de fois avait-elle couru le long de ce rivage, poussant des cris joyeux avec son frère, sa sœur et sa cousine, guettant le vol des pélicans et des cormorans au-dessus du promontoire ! Elle connaissait chaque palmier, chaque recoin de l'anse sableuse, chaque récif de corail... C'était là son domaine secret et inoubliable, et il paraissait impossible de croire qu'il allait soudain s'éloigner, disparaître dans un lointain passé...

Makeda reprit ses sandales et se mit à escalader la colline de l'autre côté de Succoth. Une petite crique paisible se laissait découvrir en contrebas ; des groupes de dauphins venaient souvent s'y ébattre, jouant avec les vagues qui se brisaient contre les rochers, nombreux et escarpés à cet endroit. Le grondement du ressac semblait aujourd'hui sourd et mélancolique, comme un étrange écho de la nature à la tristesse de la jeune fille. Les larmes aux yeux, elle décida de rentrer à Succoth ; l'heure du repas était dépassée depuis longtemps et Mammy ne manquerait pas de s'inquiéter.

Que deviendraient d'ailleurs la gouvernante et son mari ? Ils avaient une demi-douzaine d'enfants et Dolly Garland refuserait certainement de les emmener à la Barbade — et encore plus à Londres. En fait, seul Grant Ogilvie pourrait les prendre en charge... Il faudrait le convaincre de les employer. N'avait-il pas complimenté Makeda, un jour, sur la délicieuse cuisine de la vieille indigène ?

Makeda était sur le point d'ouvrir la porte vitrée de la véranda lorsqu'elle aperçut Jacinthe, qui arrivait de la direction opposée. La jeune Garland fronça les sourcils ; sa cousine paraissait bouleversée.

— Que se passe-t-il ? lança-t-elle lorsque l'autre

fut à sa hauteur. Tu as l'air profondément tour-
mentée.

— Je le suis, Makeda. Je dois te confier quelque
chose qui risque de te fâcher.

— Cela peut-il attendre la fin du déjeuner ? Nous
sommes terriblement en retard, j'en ai peur.

— Non, je t'en prie. C'est extrêmement important. Je ne veux plus attendre.

— Bien... allons nous asseoir dans...

— Pas dans la maison ! coupa brusquement Jacinthe. Personne ne doit entendre.

Sa cousine haussa les sourcils, étonnée et de plus
en plus inquiète.

— Comme tu voudras... mettons-nous au fond du
jardin, alors.

Elles firent quelques pas et Jacinthe lança soudain,
d'un seul trait :

— C'est moi qui ai volé les notes de ton père. J'ai
pris les feuilles dans le bureau, avant que vous ne
commenciez à les lire.

La jeune Garland lui jeta un regard éberlué.

— Mais... pourquoi ? T'avons-nous causé des torts
en quoi que ce soit ? Mes parents t'ont recueillie,
élevée comme si tu étais leur propre fille. Je t'ai moi-
même toujours considérée comme ma sœur... Pourquoi, Jacinthe ?

— Justement parce que je vous aimais, souffla
l'intéressée. Je savais que tu ne voulais pas quitter
Millo, et cela me semblait le seul moyen de te
permettre d'y rester le plus longtemps possible.
Grant Ogilvie avait promis de ne pas nous chasser
avant la fin de la rédaction, et il est homme à tenir
parole...

Sa voix se brisa un instant et elle poursuivit :

— Tu t'es montrée tellement bonne envers moi !
Je désirais te rendre service.

Son interlocutrice leva les yeux au ciel, partagée
entre la colère, l'incrédulité et l'attendrissement.

Mais avant toute explication, il fallait s'assurer que les papiers n'avaient pas été détruits. D'une voix étouffée par l'anxiété, elle questionna :

— Où se trouvent les notes, à présent ? Tu ne t'en es pas débarrassée, n'est-ce pas ?

La coupable secoua la tête.

— Non. Je les ai cachées sous un rocher, dans le sentier de la colline. Ce matin même, je suis allée vérifier si elles étaient toujours en place, et... et Grant m'a surprise.

— Et il t'a conseillé de venir me trouver, n'est-ce pas ?

— Oui, en effet. Il m'a expliqué que je m'étais conduite comme une enfant capricieuse, mais que tu réussirais certainement à me pardonner... « Nous commettons tous des erreurs, a-t-il ajouté. Moi-même, cela m'est déjà arrivé. »

Elle tira de sa poche un paquet de feuilles pliées en quatre.

— Voici les documents, Makeda. Je suis tellement désolée de t'avoir causé autant de soucis ! Me... me pardonneras-tu vraiment ?

— Oui, murmura doucement l'autre. Je ne t'en veux pas.

Elle serra les notes contre elle avec un immense soulagement et conclut :

— Je vais prévenir Simon immédiatement !

Jacinthe blêmit sous son hâle.

— Ne... ne pourrais-tu pas prétendre avoir retrouvé ces papiers par hasard ? Il serait furieux s'il savait quel rôle j'ai joué dans l'histoire.

Son expression anxieuse mit la puce à l'oreille de Makeda.

— Depuis combien de temps es-tu amoureuse de M. Wetherby ? interrogea-t-elle gentiment.

— Je... depuis son arrivée, en fait, bégaya maladroitement l'adolescente. Mais je n'en ai jamais rien dit. Il se serait moqué de moi, sans aucun doute.

— Probablement pas. Simon est extrêmement gentil.

— Restera-t-il encore un peu, à présent que le travail va reprendre ?

— Je l'ignore, mais nous le saurons bientôt. Peut-être acceptera-t-il de remettre son départ.

— Je l'espère sincèrement, renchérit Jacinthe avec chaleur. Même si Mère décide de prendre tout de même le bateau, toi et moi pourrions demeurer à Succoth encore quelque temps, n'est-ce pas ?

— Je suppose... De toute façon, j'en ai pour trois semaines au plus, indiqua sa cousine. Après cela, nous n'aurons plus aucune raison de prolonger notre séjour.

— Je sais. Millo me manquera tellement...

— N'avais-tu pas l'intention de commencer des études d'infirmière à Londres, malgré tout ?

— Si, bien sûr, mais il n'empêche...

Leurs pas les avaient ramenées vers la véranda. Mammy était endormie dans son fauteuil, et elles n'osèrent pas la réveiller pour se faire servir un repas. Les deux jeunes filles se contentèrent d'un biscuit en attendant l'heure du thé.

Simon et Heber se montrèrent en fin d'après-midi, épuisés par le labeur en pleine chaleur, et s'affalèrent dans leurs chaises longues respectives.

— J'ai retrouvé les notes, déclara Makeda en s'approchant du jeune Wetherby. Elles contiennent tous les éléments dont nous avons besoin.

— Où donc étaient-elles passées ? s'enquit-il d'un air surpris.

— Oh, je les avais simplement égarées dans d'autres papiers... Mon père avait bien découvert la mine de la reine de Saba, Simon. N'est-ce pas merveilleux ? Cela complétera parfaitement notre démonstration.

— Oui, effectivement, soupira-t-il. Je suis partagé

entre le désir de vous offrir mon aide et la nécessité de rentrer à Londres.

— Il s'agit de trois semaines, tout au plus, supplia-t-elle. Je vous serais tellement reconnaissante de rester un peu !

— Bien... puisque vous insistez, je vous accorde une semaine de plus, mais rien d'autre. Je sais que je vous aime sans espoir, Makeda, et il m'est extrême-ment difficile de continuer à vivre en votre présence. Vous comprenez le problème, j'en suis certain.

— Oui, avoua-t-elle en baissant la tête. Je suis désolée... Votre participation à ce livre est la seule consolation que je puisse vous offrir.

— C'est déjà beaucoup, assura-t-il en souriant. Je n'oublierai jamais notre collaboration.

9

Makeda et l'archéologue se remirent au travail avec une énergie redoublée. La température, depuis quelques jours, était devenue étouffante ; aucun souffle d'air ne venait rafraîchir l'atmosphère, de plus en plus oppressante, et un soleil implacable brûlait l'île comme un fer chauffé à blanc.

— Si seulement nous avions un bon orage ! gémissait Heber. Il devient de plus en plus intolérable de rester sur le chantier, en plein air, et Grant est obligé de renvoyer ses ouvriers beaucoup plus tôt en fin de journée.

— Cette situation risque de ralentir la restauration de Chrichton, commenta sa sœur.

— Un peu, malheureusement. Cela dit, l'aménagement intérieur sera bientôt terminé, et il pourra sous peu s'y installer définitivement.

— A-t-il reçu des nouvelles d'Helen, par hasard ?

— Non, pas encore. Mais le courrier, comme tu le sais, met fort longtemps à nous parvenir. En outre, Mme Rossiter n'est pas femme à écrire, sauf en cas d'urgence.

Le lendemain matin, le navire régulièrement frété par Grant Ogilvie pour le déchargement de ses matériaux apparut dans la « baie des Français ». Avec surprise, Makeda aperçut au milieu de l'amoncellement de poutres et de caisses une camionnette flambant neuve. Le propriétaire de Millo avait dû la faire venir pour pouvoir circuler plus facilement entre la jetée et le manoir. Le sentier du bas était suffisamment large pour le passage d'un véhicule. Comme la physionomie de l'île changeait rapidement ! songea-t-elle. Qui aurait jamais cru y voir un engin à quatre roues ?

Elle poussa un soupir. Tous ces embellissements étaient destinés au futur couple de Grant et d'Helen...

Mammy pénétra dans la véranda et posa sur la table un plateau chargé de plusieurs lettres. La jeune fille y jeta un rapide coup d'œil : l'une des missives provenait du bureau du notaire, M. Pettigrew.

— M. Ogilvie aimerait parler à M. Wetherby, Miss Makeda. Il attend dehors.

— Simon est dans le bureau, indiqua son interlocutrice tout en décachetant la lettre du notaire. Voulez-vous le prévenir, s'il vous plaît ?

Elle se plongea dans sa lecture. Un quart d'heure plus tard, l'archéologue apparut et lança :

— Je viens de m'arranger avec Grant. Il doit se rendre à Bridgetown après-demain, et a promis de m'emmener.

— Déjà ! Comme les choses vont vite...

Makeda avait du mal à dissimuler son émotion.

— M. Pettigrew me signale que l'éditeur attend mon manuscrit dans dix jours. D'abord votre départ, ensuite la fin du livre... Cela fait beaucoup à la fois, conclut-elle tristement.

— Ne soyez pas trop nostalgique, Makeda. Il est tellement heureux que vous ayez pu mener votre tâche jusqu'au bout... C'est une belle réussite, et vous devez en être fière.

Son interlocutrice hocha la tête. Certes, elle ne pouvait s'empêcher de ressentir une certaine fierté en assurant l'édition de l'œuvre de son père ; et il aurait été tragique qu'il en fût autrement. Néanmoins, l'idée de quitter prochainement Millo s'avérait de plus en plus douloureuse, de plus en plus insupportable.

Le surlendemain, Grant Ogilvie manœuvra l'Albatros pour l'amener dans « la baie des Français », et Simon monta à bord avec ses bagages. Toute la famille Garland s'était réunie sur la jetée pour lui dire adieu.

Le jeune homme embrassa affectueusement Dolly, serra la main d'Heber, et lança gentiment à Jacinthe :

— Lorsque vous arriverez à Londres, n'hésitez pas à me rendre visite... J'ai un petit appartement dans le centre et j'y serai souvent. Votre tante possède mon adresse.

— Merci, Simon, balbutia l'adolescente en rougissant de plaisir. Mes études d'infirmière me laisseront certainement un peu de temps libre.

Puis l'intéressé tourna vers Makeda un regard mélancolique :

— Adieu, Makeda... L'invitation est valable pour vous aussi, même si vous venez simplement en amie...

— Adieu, et bonne chance, répondit-elle avec tendresse.

Il était encore déçu de ne pas avoir gagné son amour, songea-t-elle ; mais il fallait espérer que Jacinthe saurait peu à peu trouver le chemin de son cœur.

Après un dernier geste de la main, l'archéologue prit place dans le canot où Grant attendait, et tous deux s'éloignèrent vers la goélette. Un vent vif s'était levé, facilitant le départ du voilier ; mais il retomba dès le début de l'après-midi et la canicule revint en force, de plus en plus pénible. Tous les membres de la maisonnée, terrassés par la chaleur, s'étaient allongés sur leurs lits dans le vain espoir de trouver le sommeil.

A l'heure du thé, ils se réunirent sur la véranda et Heber leva vers le ciel un regard inquiet.

— Je n'aime pas du tout cette atmosphère, déclara-t-il d'une voix tendue. Nous risquons de plus en plus d'avoir une mauvaise surprise.

Sa prédiction devait s'avérer exacte ; dès le lendemain matin, l'imminence d'un ouragan fut annoncée à la radio. Jacinthe et son cousin s'étaient rendus à Chrichton et Makeda, ne pouvant faire appel à eux, alla trouver Ben.

— Pourriez-vous jeter un coup d'œil au toit, Ben ? il faudrait trouver un moyen de fixer les tuiles les moins solides, car sans doute connaîtrons-nous une tempête redoutable.

— Peut-être l'ouragan passera-t-il à côté de Millo, Miss Makeda, répondit le vieil homme.

— Je préfère tout de même prendre mes précautions... Mettez également vos enfants à l'abri, et surtout interdisez-leur de rester sous les arbres.

A l'intérieur, la jeune fille dut s'employer à rassurer Mme Garland, que l'annonce de la catastrophe avait jetée dans un état de panique proche de l'hystérie.

— Que pouvons-nous faire ? gémissait-elle en se tordant les mains. Si seulement j'étais partie avec Simon ! A présent, je serais en sécurité...

— Calmez-vous, mère, intima sa fille. Si nous prenons toutes les dispositions nécessaires, nous ne risquons pas grand-chose. J'aurais souhaité qu'Heber et Jacinthe soient près de nous, naturellement, mais ils sont en sûreté à Chrichton...

— Ta cousine ne s'y trouve plus, se lamenta son interlocutrice. Je l'ai vue monter dans le canot il y a quelques instants, sur la plage.

Makeda bondit sur ses pieds, le visage blême.

— Comment a-t-elle pu...

— Probablement n'a-t-elle pas entendu l'appel à

la radio, expliqua Dolly d'une voix blanche. Crois-tu vraiment qu'elle soit en danger ?

En danger ! songea son interlocutrice, les mains moites d'angoisse. A chaque instant, une vague gigantesque risquait de déferler sur Millo, emportant la minuscule embarcation comme un fétu de paille... Mais sa mère paraissait sur le point de s'évanouir, et elle n'osa pas ajouter encore à son anxiété. Il fallait agir sans perdre une minute.

— Quelle direction a-t-elle prise ? interrogea-t-elle d'un ton pressant.

— Celle du promontoire, je pense.

La jeune fille se précipita à l'extérieur. Pourvu, du moins, que sa cousine ait la présence d'esprit de rester près de la côte ! Un amoncellement de nuages d'un gris de plomb dissimulait à présent le soleil, et une obscurité menaçante assombrissait le ciel. Le grésillement des insectes s'était soudain arrêté et le temps paraissait suspendu, comme si l'île tout entière se recroquevillait en attendant le déchaînement des éléments. Les pas de Makeda résonnaient de façon obsédante sur le gravier du sentier et les battements de son cœur lui semblaient soudain amplifiés, retentissant à ses oreilles comme les grondements lugubres d'un lointain tambour... Le canot restait invisible. Où Jacinthe avait-elle donc décidé d'aborder ? A « Green Turtle » ? C'était de la folie. Elle ne saurait jamais manœuvrer entre les récifs de la passe. La jeune Garland s'y dirigea néanmoins, hors d'haleine. L'Albatros était invisible ; Grant n'était pas encore rentré de Bridgetown. Le rivage était désert, à l'exception d'une barque de pêcheur que son propriétaire, prudent, avait tiré à l'abri sur le sable. Makeda s'arrêta à côté, sondant l'horizon de tous les côtés. La mer, au-delà des écueils, était encore calme, mais une légère brise commençait à souffler, d'abord imperceptible, puis de plus en plus forte, comme le vrombissement d'une forge... Les feuilles des acajous bruissèrent, les troncs des arbustes commencèrent à s'incliner... Soudain, la pointe du canot apparut à l'extrémité de la baie. Jacinthe ramait de toutes ses forces, luttant désespérément pour gagner la passe. Makeda se mit à hurler ; si quelqu'un se trouvait à Chrichton, peut-être l'entendrait-on, descendrait-on à son secours... Mais la demeure avait l'air déserte. Il n'y avait plus une seconde à perdre ; elle poussa avec détermination la barque de pêcheur en direction de l'eau et sauta à l'intérieur.

— Tiens bon ! cria-t-elle. J'arrive !

Peine perdue ; le bruit du vent couvrait ses paroles. Folle d'angoisse, elle vit le canot de sa cousine heurter les récifs et tourbillonner sur place comme un bouchon. Elle poussa sur ses avirons avec une énergie décuplée. Dieu merci, Jacinthe était une excellente nageuse. Si l'eau restait encore calme quelques minutes, elle aurait le temps d'arriver jusqu'à elle... Tout d'un coup, la petite tache colorée du canot disparut dans le creux d'une vague, puis réapparut ; il s'était retourné. La tête de l'adolescente émergea un instant à côté de lui...

— Nage ! hurla encore Makeda. Nage jusqu'à moi !

La réponse de l'autre lui parvint faiblement, presque indistinctement, et lui glaça le sang dans les veines.

— Je... je ne peux pas. Je n'ai plus la force...

Quelques mètres seulement, à présent, séparaient les deux embarcations. Makeda ne savait plus si le goût de sel qu'elle sentait sur ses lèvres humides provenaient des embruns ou de ses propres larmes...

— Nage, Jacinthe, répéta-t-elle avec désespoir. Je ne réussis pas à m'avancer plus !

Le vent, en effet, s'était subitement accru avec une telle violence que toute son énergie suffisait à peine pour maintenir sa barque sur l'eau. Elle aperçut sa cousine derrière elle, accomplissant un effort surhumain pour la rejoindre, et lui tendit l'un de ses avirons. L'adolescente s'y accrocha, se laissa haler jusqu'au bateau, l'escalada enfin en haletant puis s'effondra sur le plancher, secouée de sanglots.

— Je... je suis désolée, gémit-elle nerveusement. Je n'aurais jamais dû m'aventurer ici... J'ai eu si peur !

— Prends l'autre paire d'avirons, intima la fille de Dolly. Nous devons trouver un abri le plus rapidement possible.

L'autre se redressa et s'exécuta, soudain calmée par le ton ferme de Makeda.

— Que se passe-t-il ? interrogea-t-elle. Un ouragan ?

— Oui. N'as-tu pas entendu l'appel de la radio ?

— Non, malheureusement. Je suis sortie très tôt, ce matin.

Tout en ramant, elle jeta un regard inquiet à l'eau bouillonnante et au ciel d'un noir d'encre.

— Risquons-nous de... de nous noyer ? reprit-elle d'une petite voix.

— Nous allons essayer de nous en sortir, répliqua sa cousine d'un air sombre. Il est déjà trop tard pour nous rendre à « Green Turtle » ; nous ne parviendrons jamais à passer les récifs. La mer est bien trop agitée. Notre seule chance est de gagner « l'île du Pélican ».

Les écueils, là aussi, étaient très dangereux, songea-t-elle silencieusement. Leur unique espoir était d'être projetées sur le rivage par le flot lui-même... Une première vague souleva leur embarcation et elle agrippa la main de sa cousine.

— Ecoute-moi bien, Jacinthe, dit-elle avec précipitation. Il est inutile de continuer à ramer ; le vent nous pousse directement sur les rochers de « l'île du Pélican ». A la prochaine vague, il faudra sauter directement sur la rive. Tu m'as bien comprise ?

L'adolescente hocha la tête, les yeux agrandis

d'angoisse. Puis une énorme lame se dirigea vers elles, les submergea, et elles se jetèrent à l'eau en poussant un cri, agrippant les rochers avec la force du désespoir...

L'eau se retira et elles coururent se mettre à l'abri un peu plus loin, ruisselantes, frissonnant de froid et de terreur. A quelques mètres, l'écume rageuse avait déjà déchiqueté leur barque, et des morceaux de bois flottaient çà et là, dérisoires.

— Nous ne sommes pas en sécurité, ici, gémit Jacinthe. L'îlot est minuscule, et la prochaine vague...

— Nous trouverons quelque chose, coupa l'autre sans y croire.

Mais quoi ? se demanda-t-elle avec désespoir. Elles étaient coincées derrière l'une des barrières de corail les plus infranchissables de toutes les Caraïbes, sans aucune embarcation, et la tempête ne faisait que commencer...

Un silence menaçant avait succédé aux premières manifestations de l'ouragan. De temps à autre, un éclair bleuâtre coupait en zigzag la couverture de nuages, et un roulement de tonnerre se répercutait à l'horizon.

— Allons-nous mourir ? demanda Jacinthe, la gorge serrée. Je... je suis tellement effrayée ! Je commence déjà à voir tout mon passé défiler devant moi...

— Ce n'est pas mon cas ! répliqua Makeda avec un rire faux. J'ai l'intention de vivre encore de nombreuses années !

Elle se mit debout et ajouta :

— Suis-moi. Nous devons trouver un endroit où creuser un trou pour nous abriter du vent.

Elles escaladèrent les rochers en vacillant. Le vent s'était levé à nouveau, sifflant à leurs oreilles, et ni l'une ni l'autre n'entendirent le bruit d'un bateau à moteur passant à proximité. Grant Ogilvie, probablement inconscient de leur présence sur « l'île du Pélican », gagnait lentement la passe de « Green Turtle », toutes voiles descendues. Il ralentit légèrement la vitesse de son moteur d'appoint et, tout d'un coup, Makeda dressa l'oreille ; le ronronnement du diesel l'avait frappée. Tournant vivement la tête elle aperçut enfin, à la lueur d'un éclair, la silhouette de l'Albatros. Le cœur de la jeune fille se mit à battre à grands coups ; elle n'avait aucun moyen de lancer un signal de détresse... Cependant, la proximité de Grant — aussi aléatoire fût-elle pour le moment — lui redonna un peu de courage.

Jacinthe l'avait rejointe et se tenait près d'elle en frissonnant de tous ses membres.

— Il va certainement venir nous chercher, murmura-t-elle. S'il ne nous a pas encore vues, faisons-lui signe.

Un moment interminable s'écoula avant qu'elles n'entendissent à nouveau le bruit du moteur, presque indiscernable parmi les rugissements de la tempête. Des trombes d'eau se précipitaient furieusement sur la falaise, dissimulant entièrement le paysage, et la goélette restait invisible.

Makeda se dressa sur la pointe des pieds et agita son foulard avec frénésie. Mais la tentative était absurde ; la brume et la pluie diluvienne empêcheraient certainement Grant de distinguer quoi que ce soit... Tout d'un coup, le moteur s'arrêta net. La jeune fille saisit la main de sa cousine et elles dévalèrent la pente à toute allure, le cœur battant. Grant les avait-il malgré tout aperçues ? Allait-il s'efforcer de jeter l'ancre en dépit de tous les obstacles ? La silhouette de l'Albatros s'était immobilisée à quelque distance, et subitement un canot surgit tout près de la rive.

— Nous sommes sauvées ! hurla Jacinthe, au bord de l'hystérie. Il va réussir...

Makeda garda un silence angoissé. La frêle embarcation avait d'immenses difficultés à s'approcher du rivage et semblait à tout instant sur le point de sombrer. Une vague énorme la souleva, et elle disparut sous les yeux terrorisés des jeunes filles. Puis le vent tomba momentanément, une soudaine éclaircie illumina le ciel... et Grant apparut sur les rochers, les cheveux plaqués sur le front, tirant son canot derrière lui en grimaçant sous l'effort.

— Au nom du ciel ! cria-t-il lorsque les deux autres furent à portée de voix. Pourquoi êtes-vous sorties en mer par un jour pareil ?

Sa voix tremblait de colère et son visage était extrêmement tendu.

— Makeda n'y est pour rien, balbutia Jacinthe en blêmissant. Elle est venue à mon secours parce que j'avais pris le canot sans avoir entendu la mise en garde de la radio. Lorsque j'ai senti le vent se lever, j'avais déjà atteint « Green Turtle » et il était trop tard pour faire demi-tour. Je... je me suis échouée sur les récifs, et l'embarcation est définitivement perdue.

Elle se couvrit le visage de ses mains, saisie d'une terreur rétrospective.

— C'était horrible, absolument horrible !

Grant la regarda fixement, les lèvres serrées, puis se tourna vers Makeda.

— Comment vous sentez-vous ? demanda-t-il.

— Assez bien, étant donné les conditions, murmura-t-elle.

Une intense émotion l'avait envahie. Ce n'était plus seulement l'étrangeté de la situation qui la faisait frissonner, mais aussi la présence de l'homme, sa voix chaude quoique furieuse... Elle aurait souhaité pouvoir se jeter dans ses bras, et oublier le grondement menaçant du ressac et les hurlements du vent. Mais elle resta immobile, attendant avec soulagement qu'il prenne une décision. Même au milieu de l'ouragan, elle lui accordait sa confiance.

Le propriétaire de Millo consultait pensivement le ciel.

— Il est hors de question de nous remettre à l'eau pour le moment, dit-il enfin. Nous n'en sortirions pas vivants. Nous devons creuser un trou dans le sable et attendre que le plus fort de la tempête soit passé.

Makeda acquiesça ; elle avait eu la même idée. Le petit groupe remonta au sommet de l'îlôt, dénicha une zone sableuse entre les rochers et tous trois se mirent à creuser avec frénésie. Lorsque l'espace fut assez grand, Grant poussa Jacinthe au fond.

— Allongez-vous le plus à plat possible, ordonna-t-il.

L'adolescente se pelotonna contre la paroi.

— A vous, Makeda.

Elle hésita un moment, mais les yeux gris de son interlocuteur étincelèrent.

— Dépêchez-vous ! Il n'est plus temps d'hésiter.

Elle obéit et s'installa contre sa cousine. Leur compagnon s'allongea enfin à son tour, bloquant de son large dos l'entrée de leur abri précaire.

— Grant, murmura la jeune Garland. Je... Je tenais à vous remercier, tout à l'heure...

— Plus tard, coupa-t-il. Si nous sortons d'ici, nous aurons tout le temps nécessaire pour nous consacrer aux effusions.

Elle se tut et se blottit timidement contre lui, savourant le réconfort de sa chaleur.

Soudain, un bruit terrifiant se déclencha ; l'ouragan avait atteint son maximum. Des sifflements, des grincements, d'épouvantables craquements résonnaient de façon assourdissante, et Makeda songea avec désespoir à Millo. Les arbres seraient déracinés comme des allumettes, les sentiers noyés sous des trombes d'eau, les huttes des pêcheurs emportées impitoyablement...

— Il ne restera plus rien, chuchota-t-elle d'une voix tremblante. Pourvu que Succoth résiste...

Il l'entoura d'un bras protecteur.

— N'y pensez pas pour le moment. Heber sera rentré auprès de votre mère, et il s'occupera d'elle.

— Et... l'Albatros ?

— J'ai jeté l'ancre au plus profond entre les récifs. Mon bateau devrait s'en sortir sans dommages.

Le bruit du vent rappelait à présent le hululement sinistre d'un animal monstrueux, ponctué par moments de bruissements plus faibles, comme si la tempête reprenait son souffle avant de se déchaîner de plus belle.

La tourmente dura vingt minutes. Lorsque le vacarme commença enfin à décliner, s'éloignant vers d'autres îles, Grant s'extirpa du trou et étira ses muscles douloureux.

— Le pire est passé, déclara-t-il calmement. Nous pourrons reprendre le chemin de Millo dans une demi-heure.

Seule la pluie, à présent, continuait à tomber avec régularité, scintillant devant l'abri comme un rideau argenté. Makeda remarqua le regard inquiet que Grant Ogilvie jetait vers les rochers tout proches. Elle comprit alors combien il s'était inquiété de la fragilité de leur installation... elle sortit à son tour de l'antre, suivie de Jacinthe qui parcourut les alentours d'un œil craintif.

— Quel désastre ! murmura-t-elle d'une voix tremblante. Je vous demande pardon... Tout cela est de ma faute.

— Personne n'est responsable d'un ouragan, grommela Grant d'un ton bourru. Remerciez le ciel de vous en être tirée à bon compte.

— Il y a autre chose, intervint soudain la jeune Garland. Pour secourir ma cousine, je me suis servie d'une barque de pêche, et elle s'est écrasée sur les écueils lorsque nous sommes arrivées ici... En connaissez-vous le propriétaire ?

— C'est moi ! rétorqua-t-il.

Mais un sourire soudain éclaira son visage devant l'expression inquiète de son interlocutrice.

— Ne vous désolez pas de cette perte, reprit-il avec douceur. Vous vous êtes montrée extrêmement courageuse. En outre, ce bateau était assuré.

Elle répondit à son sourire avec reconnaissance. Désormais, semblait-il, il la traitait différemment ; les obstacles surmontés en commun avaient créé entre eux un lien nouveau, indestructible, une sorte de respect mutuel qui mettait un baume sur la tristesse de la jeune fille. S'il ne l'aimait pas, du moins lui témoignerait-il de l'estime...

Le petit groupe descendit lentement jusqu'au rivage. Plusieurs rochers avaient été déplacés, mais la goëlette n'avait pas bougé. Grant poussa un immense soupir de soulagement.

— Nous avons eu une chance extraordinaire, souligna-t-il. Même le canot est encore là.

La minuscule embarcation les mena sans encombre jusqu'à l'Albatros.

— Croyez-vous que Succoth sera intact ? questionna Jacinthe tandis qu'il s'efforçait de faire démarrer le moteur.

— Il faut l'espérer, répliqua-t-il brièvement.

Makeda se sentit soudain dévorée d'inquiétude. L'ouragan avait été beaucoup plus violent que tous ceux qui avaient atteint Millo jusqu'à présent, et leur vieille demeure était bien peu résistante. Elle osait à peine imaginer sa mère durant la tempête, et encore moins Mammy dont l'esprit superstitieux ne manquerait pas de prédire les pires catastrophes... Ben et Heber avaient dû connaître de grandes difficultés pour les calmer et les mettre à l'abri.

Le diésel cracha deux ou trois fois puis finit enfin par se mettre en marche. La brume s'était levée et Millo redevenait visible, baignée dans une éclaircie ensoleillée. Ils s'aperçurent aussitôt que les dégâts avaient été considérables. Tous les palmiers de la plage étaient abattus ou tordus, y compris les acajous entourant Chrichton, dont certains atteignaient pourtant vingt mètres de hauteur. Des débris de toutes sortes parsemaient la plage comme les restes d'un naufrage. Seule la maison de Grant restait debout, apparemment en bon état.

L'Albatros franchit la passe sans problème et alla s'ancrer dans Green Turtle. Heber se trouvait sur la rive et courait à leur rencontre.

— Il est sain et sauf, murmura le propriétaire de la goélette. Il doit en être de même pour les autres.

« Pourvu qu'ils soient tous vivants, effectivement ! » se répétait Makeda avec anxiété, les poings serrés. Elle mourait d'impatience d'obtenir enfin des nouvelles de sa mère, de Mammy, de Ben... et de Succoth !

— Dieu merci, vous n'avez rien ! s'écria Heber d'une voix rauque en venant aider les jeunes filles à sortir du canot. Nous étions morts d'inquiétude... Je ne sais comment vous exprimer ma gratitude, Grant. Quelle tempête inimaginable !

— Comment vont les autres ? interrogea sa sœur. Mère, les enfants...

— Tout va bien, assura-t-il. Ben s'est montré tout à fait à la hauteur de la situation. Lorsque le toit de Succoth a été emporté, il a réuni tout le monde et s'est efforcé de les calmer, leur promettant que les murs tiendraient. Mère, naturellement, s'est permis plusieurs crises de nerfs, mais dans l'ensemble personne ne s'est vraiment affolé.

Il parlait d'un ton faussement léger, comme pour minimiser les dégâts survenus à la demeure, mais Makeda n'était pas dupe et avait les larmes aux yeux. Ainsi, l'ouragan avait arraché la toiture... C'en était fini de la maison où elle avait passé toute son enfance. Heureusement, songea-t-elle, ils avaient tous survécu.

— Nous nous sommes rendus à Chrichton dès la

fin de l'orage, expliquait son frère à l'adresse de Grant. Les vents ont surtout abîmé notre côté de l'île, et je crois que les pêcheurs eux-mêmes n'ont pas trop souffert. Il faudra reconstruire les huttes, bien sûr, mais personne ne manque à l'appel.

L'intéressé hocha la tête et se tourna vers la jeune Garland.

— Ne vous inquiétez pas trop pour Succoth, Makeda, fit-il comme s'il avait pu lire ses pensées. Je vous promets de tout réparer, et, en attendant, vous et votre famille êtes les bienvenus chez moi.

La jeune fille sourit faiblement. Comment pourrait-elle refuser sa proposition ? Il n'existait aucune autre alternative, et elle devait l'accepter, tout en étant consciente que Chrichton était avant tout le domaine d'Helen Rossiter... Cependant, au fond d'elle-même, un étrange sentiment avait surgi ; elle avait presque l'impression de rentrer chez elle, au bercail, comme l'enfant prodigue...

Le manoir se dressait devant eux, ses blanches colonnades absolument intactes au milieu des arbres et des buissons déchiquetés par la tempête. Soudain, dans le lointain, un oiseau se mit à chanter, et Makeda comprit que son île retrouverait peu à peu sa splendeur. La végétation reprendrait ses droits, pousserait à nouveau sur les plages et les collines, faisant progressivement disparaître les dernières traces du désastre. La vie, dans les Caraïbes, l'emportait toujours.

Grant la saisit par le bras pour l'aider à gravir le sentier. La vaste porte d'acajou de la maison était grande ouverte, et l'on distinguait un feu qui pétillait dans la cheminée du vaste salon. La jeune Garland frissonna, se rappelant soudain qu'elle était trempée et mourait de froid.

La pièce était relativement nue, mais certains meubles avaient déjà été mis en place ; une immense table entourée de chaises à hauts dossiers, un canapé et un buffet d'acajou ouvragé. Le sol de plancher ciré attendait encore les tapis persans qu'Helen Rossiter ne manquerait pas d'y disposer.

Dolly était assise près du feu, un châle sur les épaules. Elle se précipita vers sa fille et sa nièce et les serra dans ses bras.

— Makeda, Jacinthe ! Je me suis fait tellement de soucis... Venez vous installer au chaud.

Elle reprit sa place puis tourna vers Jacinthe un regard de reproche :

— Quelle mouche t'a donc piquée, ma fille ? Tu t'es montrée remarquablement imprudente...

L'adolescente fondit en larmes et renouvela ses excuses.

— Ne la blâmez pas, mère, intervint sa cousine. Nous sommes tous là, c'est l'essentiel.

Dolly se passa une main lasse sur le front.

— Toutes ces émotions m'ont épuisées... J'ai une migraine épouvantable.

— Montez donc vous allonger, conseilla Grant. Vous pouvez utiliser ma chambre, le lit y est très confortable. Demain, nous nous occuperons de ramener vos affaires de Succoth.

Il lui offrit son bras et la guida en haut des marches, suivi de Mammy et de Makeda.

— Aidez-là à se déshabiller, ordonna-t-il. Vous trouverez des peignoirs derrière la porte... Je vous rejoins dans un instant avec un grog. D'ailleurs, vous et votre cousine devrez vous changer vous aussi. Je possède seulement deux robes de chambre, malheureusement. L'une de vous sera obligée d'utiliser une couverture.

Mammy avait installé Dolly Garland dans le vaste lit et disposait des oreillers autour d'elle.

— Reposez-vous, madame, commandait-elle avec gentillesse. Vous serez d'aplomb demain matin et pourrez bientôt rentrer à Succoth.

— A Succoth ? jamais ! s'exclama l'autre avec

colère. Je n'y remettrai pas les pieds ! Vous emballerez mes effets personnels et je prendrai le prochain bateau pour la Barbade, avec ma nièce et ma fille.

Le visage de la gouvernante s'assombrit. Elle s'inquiétait de son propre sort et de celui de sa famille... Cependant, elle soupira sans répondre.

Makeda avait ôté ses vêtements dans la salle de bains et s'était drapée dans l'un des peignoirs ; en fait, comme elle s'en rendit compte aussitôt, c'était celui-là même qu'elle avait déjà porté à bord de l'Albatros, plusieurs mois auparavant. Elle noua étroitement la ceinture et enfouit ses mains dans les poches, décidant d'oublier momentanément son prochain départ pour Bridgetown. Pour l'instant, elle se trouvait à Chrichton, et rien d'autre ne comptait.

Jacinthe était montée et se changea elle aussi, puis réapparut enveloppée d'une immense couverture.

— On ne voit plus que le bout de ton nez, souligna sa cousine en riant.

— Du moins, je ne meurs plus de froid, répliqua l'autre d'une voix étouffée par l'épaisseur de la laine. Nous avons de plus en plus l'air de deux rescapées, n'est-ce pas ?

Elles s'assirent sur le lit, à côté de leur mère, et Grant pénétra dans la chambre avec un plateau chargé de tasses fumantes.

— Buvez vite ceci, ordonna-t-il. Je ne tiens pas à ce que vous attrapiez une pneumonie.

Elles s'emparèrent avec reconnaissance du grog réconfortant et le burent avec précaution — tels deux chatons lapant du lait, songea l'homme discrètement amusé.

— Bien, approuva-t-il quand les tasses furent vides. Tenez compagnie à votre mère, Jacinthe. Voulez-vous me suivre, Makeda ? J'aimerais vous montrer quelque chose...

Elle l'accompagna dans le corridor en resserrant à nouveau sa ceinture, soudain curieusement consciente de la nudité de son corps frêle sous les plis de l'éponge. Grant l'entraînait à grands pas jusqu'à l'autre bout de la demeure. Finalement, il ouvrit une porte d'acajou et l'invita à entrer dans la pièce. Elle était meublée d'un lit, visiblement neuf, et d'un tapis de haute laine au contact agréable. L'homme s'approcha de la fenêtre, tira les rideaux ouverts et poussa les vitres. Puis il se pencha légèrement et murmura :

— Venez voir ce paysage... J'aimerais savoir ce que vous en pensez, ce que vous ressentez...

Elle vint à pas menus se placer à ses côtés et retint son souffle. Au-delà de la balustrade de fer forgé, l'île étendait la douceur de ses collines et l'harmonie délicate de ses couleurs, sous le soleil brillant comme auparavant ; vert sombre des feuillages, blancheur des falaises et du sable, turquoise étincelant de l'océan... Makeda ne voyait plus les palmiers arrachés, les champs défoncés ; elle contemplait Millo comme si elle y fût arrivée depuis quelques instants seulement, la découvrant comme avaient pu le faire les premiers colons, les fondateurs de la dynastie des Chrichton...

— David Chrichton a dû être tellement ému, la première fois ! s'exclama-t-elle, exprimant sa pensée à voix haute. Il s'est probablement perché sur la colline où est construite à présent la demeure, et a murmuré : « je vivrai ici toute ma vie, je n'en partirai plus jamais »...

Elle tourna vers Grant ses immenses yeux verts, encore emplis de nostalgie.

— Je suis certaine que cela s'est passé ainsi... Absolument certaine !

Son interlocuteur s'inclina soudain et l'enlaça, le regard grave.

— Je voudrais pouvoir dire la même chose, Makeda, déclara-t-il d'une voix rauque. Je resterai à Millo, mais seulement si vous acceptez de m'y tenir compagnie... Vous n'avez qu'un seul mot à dire, et cette maison sera votre foyer, définitivement.

La jeune fille porta la main à son cœur... Avait-elle bien compris le sens de ses paroles ?

— Parlez-vous... vraiment sérieusement, Grant ? Ne suis-je pas en train de rêver ?

— Si vous l'êtes, votre rêve est devenu réalité, répondit-il en posant ses lèvres sur les siennes.

Makeda ferma les yeux, tout son corps frémissant sous la passion de son baiser.

— Nous terminerons ensemble la restauration de Chrichton, reprit-il en se redressant, puis nous entreprendrons celle de Succoth, et Mammy pourra y vivre avec sa famille. Même si nous voyageons, nous saurons que notre île nous attend, éternellement belle et immuable.

Envahie de bonheur, elle se blottit contre lui. La joie lui montait à la tête comme un vin pétillant.

— Vous ne me jugez donc plus comme une enfant, n'est-ce pas ? Je... je vous aime, Grant. Depuis longtemps...

— Vous êtes ma reine de Saba, murmura-t-il en posant sur ces lèvres un nouveau baiser.

Les Prénoms Harlequin

MAKEDA

Ce prénom fort inhabituel caractérise un être tout à fait à part. Sauvage et solitaire, cette enfant de la nature mène une existence farouchement indépendante, loin des artifices mondains, et apprend très tôt à maîtriser des situations difficiles ou périlleuses. Toute hypocrisie lui est étrangère : aimer ou haïr, telle est l'alternative de ses rapports avec autrui !

Et pourtant, malgré tout un univers qui les sépare, Makeda Garland ne peut se défendre contre l'attirance qu'elle éprouve à l'égard de Grant.

Les Prénoms Harlequin

GRANT

Celui qui porte ce prénom — dérivé du français « grand » — ne manque certes pas d'envergure. Autoritaire et intransigeant, il ne se laisse pas aisément fléchir dans ses décisions, mais sous ses dehors distants se dissimule une nature ardente et généreuse, assoiffée d'un idéal que d'aucuns qualifieraient de chevaleresque...

Ainsi, Grant Ogilvie ne résiste pas longtemps à la magie de l'île, et encore moins au charme de la petite fée qui l'habite...

Voici l'été!..

Avec ses journées chaudes et ensoleillées, l'été vous invite à la détente et à l'oubli…

Alors, faites provision de rêve, d'aventure et d'émotions heureuses! Sur la plage, à la campagne ou dans votre jardin, partez avec Harlequin, le temps d'un été, le temps d'un roman!

Chaque mois, 6 nouvelles parutions dans Collection Harlequin et Harlequin Romantique, 4 nouvelles parutions dans Collection Colombine et 2 nouvelles parutions dans Harlequin Séduction.

HF-SUM-R

AVEZ-VOUS LU DANS
Collection Harlequin?

Éternelle jeunesse du roman d'amour!

On a l'âge de son esprit, dit-on. Avez-vous jamais songé à vérifier ce dicton?

Des romancières célèbres telles que Violet Winspear, Anne Weale, Essie Summers, Elizabeth Hunter... s'inspirant du vrai roman d'amour traditionnel, mettent en scène pour votre plus grand plaisir héros et héroïnes attachants, dans des cadres romantiques qui vous transporteront dans un monde nouveau, hors de la grisaille du quotidien. En partageant leurs aventures passionnantes, vous oublierez soucis et chagrins, vous revivrez les émotions, les joies…la splendeur…de l'amour vrai.

Six romans par mois…chez vous…sans frais supplémentaires…et les quatre premiers sont gratuits!

Vous pouvez maintenant recevoir, sans sortir de chez vous, les six nouveaux titres HARLEQUIN ROMANTIQUE que nous publions chaque mois.

Et n'oubliez pas que les 6 vous sont proposés au bas prix de $1.75 chacun, sans aucun frais de port ou de manutention. Pour vous assurer de ne pas manquer un seul de vos romans préférés, remplissez et postez dès aujourd'hui le coupon-réponse suivant:

✂

Bon d'abonnement

Envoyez à:

HARLEQUIN ROMANTIQUE, Stratford (Ontario) N5A 6W2

OUI, veuillez m'abonner dès maintenant à HARLEQUIN ROMANTIQUE et faites-moi parvenir les 4 premiers livres gratuits. Par la suite, chaque volume me sera proposé au bas prix de $1.75, (soit un total de $10.50 par mois), sans frais de port ou de manutention.

Il est entendu que je pourrai annuler mon abonnement à tout moment, pour quelque raison que ce soit et garder les 4 livres-cadeaux sans aucune obligation. Nos prix peuvent être modifiés sans préavis.

NOM	(EN MAJUSCULES S.V.P.)

ADRESSE	APP.

VILLE	PROVINCE	CODE POSTAL

Offre valable jusqu'au 31 oct. 1983.

376–BPQ–4AAF